岭南新语书系

我是台山人

刘荒田◎著

南方日报出版社
NANFANG DAILY PRESS
中国·广州

图书在版编目（CIP）数据

我是台山人 / 刘荒田著. — 广州 ：南方日报出版社，2023.11

（岭南新语书系）

ISBN 978-7-5491-2615-6

Ⅰ. ①我… Ⅱ. ①刘… Ⅲ. ①散文集－中国－当代 Ⅳ. ①I267

中国版本图书馆CIP数据核字(2022)第175815号

WO SHI TAISHAN REN

我是台山人

著　　者：刘荒田
出版发行：南方日报出版社
地　　址：广州市广州大道中289号
出 版 人：周山丹
策划统筹：谭庭浩
责任编辑：陈　焱
装帧设计：邓晓童
责任校对：阮昌汉　朱晓娟
责任技编：王　兰
经　　销：全国新华书店
印　　刷：广州市岭美文化科技有限公司
开　　本：889mm×1194mm　1/32
印　　张：8.625
字　　数：164千字
版　　次：2023年11月第1版
印　　次：2023年11月第1次印刷
定　　价：52.00元

投稿热线：（020）87360640　　　读者热线：（020）87363865

发现印装质量问题，影响阅读，请与承印厂联系调换。

序　言

罗　韬

荒田兄的《我是台山人》一书将要付梓，嘱我为之作序，我不加思索就答应下来。我深知，我的文字不足为此书增重，但荒田兄看重我与他的缘分，以及我与台山的缘分。

我少年时客居台山，就读于台山一中。荒田兄是年长我十多岁的学长，我们先后同出于名师伍俊生先生门下。但我入学时，荒田兄已经毕业多年。在读期间乃至随后的四十多年，我都未能拜识这位“伍门龙象”，直到我也临近退休，才在广州陈永正先生的茶席上与海外归来的荒田兄握手相识，茶温情热，一见倾盖，相见恨晚，更惜深谈易歇。不久，荒田兄又翛然远引，返回美国，更因疫情阻隔，相见时难，唯有望洋兴叹。

此次荒田兄相委写序，我原以为正可以凭此一抒离悃，寄托我这个吃了十年台山饭、饮了十年台山水的人对第二故乡的怀恋。但细读之下，我就深感自己理解之浅。荒田兄的大文，是足以引人深思和反思的，此书绝非一般的游子骊歌，实在渗透了百年侨乡历史的血泪和侨情侨心的诸种委曲。

文集开篇《江天俯仰独扶藜——记杰出诗人程坚甫》，已经令我感到多重的震撼。追随荒田兄满怀深情的寻踪，吟诵程翁那些堪比郊寒岛瘦的诗句，重回老诗人凄苦的生活环境，这不是一次寻诗之旅，而是对时代苦难的回溯，对风雅沦夷的凭吊。屈指算来，程坚甫在家乡的最后岁月，亦正是我生活在台山之时，我们同处小城，但纵是渊明荷锄而过，我也只当是野老晚归。而此时，我父亲就是台山的"县令"，邑有流亡，野有遗贤，以我对父亲的了解，他如读到此文，一定会也理应愧其俸钱的。

当"文革"高潮过后，我父亲恢复工作，于1973年底来到台山当县委书记。初到任之日，即收到辖内汶村公社有二百多人因缺粮而得水肿病的报告，这令他夜不安眠，他因"得到群众谅解而重新工作"，的确想有所报效。故他着力于两件事：一是兴修水利，二是推广水稻良种。但毕竟工程之利远，而劳民之弊近；尽管良种落地，终究丰歉由天。两年多后，即逢国丧，当然要十分注意舆情，当时县委一部门把一份"情况汇报"送到家来，其中有反映端芬公社一农妇议论："善（台山话对死亡的讳辞）亦冇饭吃，唔善亦冇饭吃。"我父读到，面色一变。送文件的局长凑前问，是否要处理这个"不满"的农妇。我父叹了一口气说："怎能处理一个叫饿的人呢？"待局长退出，我父对妈妈和我讲："两年前有水肿病，不算我的责任；但现在仍冇饭吃，就是我对不起农民。"又过三四年，政治空气松动，中美关系继续正常化，侨乡重兴出国潮，饥寒之士固然喜得活路，连递文件的那位局长也申请移民，他已经年近半百，微显老态，换上不大称身的西装，登门辞行，却了无喜色，握别之际，眼含泪水。我父送他到门口，轻抚其背说："我理解你。我是新会人，也算出身华侨家庭。这是传统，是传统啊！"局长出国数年，杳无音信，后来有传言，他在加州一间小医院当勤杂工。

我父所说的"传统"，就是摆脱饥饿的传统。近一百多年来，台山人出洋的第一动力，正是缘于一个"穷"字，既是贫穷之穷，也是途穷之穷。于是前赴后继，离乡别井，子侄相牵，像一粒粒随风飘舞的松子，飞落异土，咬定青山，去生根，去发芽，去开枝散叶。终于形成了"境内一个台山、海外一个台山"的格局。

所谓"我是台山人"，这有其特殊的涵义。没有阅历东西海，不是既饮过家乡井水，又饮过外洋咸水的，不能体会"台山人"三字的真实分量。读过荒田兄的文章，就知道故乡水与外洋水，都各备酸辛。境内有那些守了一辈子活寡的留守妇女，海外有少年出洋、晚境孤寒的老侨工，隔着一个太平洋，日夜互错，参商悬隔，各有一肚子难以对人言说的苦水。而荒田兄本人，就一舌尝尽这双重的苦涩——他在家乡当乡村教师，为学生家长"高佬义"

代笔向波士顿写信求寄“养家银”时，几乎是蘸着这一家的寒门之泪去写的；当他自己出洋谋生，赚得一些辛苦钱，要赶在年晚前，到唐人街附近的廖创兴银行，给家乡垂垂老去的祖父邮寄“美纸”，又何尝不是百感交侵，下笔沉重？

荒田兄那看似生动、波俏的笔墨，其实是家乡与海外两种生活榨出的辛涩汁液。文如好酒不宜甜，荒田兄散文的魅力，正在文带苦涩，如嚼谏果。他笔下的乡愁，绝不是轻清绮丽的诗意，他的乡愁，是常常包含了“异乡感”的乡愁，这是一种“不知何处是吾乡”的乡愁。

本来，家乡有先人庐墓，有祖父韵味悠长的吟哦，更有儿时“去村”的亲戚情话。但她终究没有给儿孙们安稳宁静的生活，才有三十岁的别井离乡；去得美国，纵然好山好水，却有无穷寂寞，江山信美，终非吾土。当捱到子女成长，“竹伯”可以返唐山了，家乡的湖山，已然失去当年的明秀，而是乡村空心，都市侵蚀，老辈纷谢，旧屋尘封，这还是梦绕魂牵的家山吗？不由让人想起《物不迁论》的记述，梵志少年出家，白首还乡，他对邻人说：“吾犹昔人，非昔人也。”我再下一转语：地犹故乡，非故乡也。而用荒田兄自己的话，“既对这一切了如指掌，又时时堕进五里云雾中”。我想，这就是荒田兄对于“乡愁”一词所下的新注脚。

“我是台山人”，这是发自衷中的身份认同。一个饱经中华文化浸染的海外游子，是多么爱他的故乡——那一个源于童年、隔洋相忆的故乡，这是一个永远存诸梦寐的故乡。

2022年清明节于广州

目录

前　言 / 001

上编　境内的台山 / 005

江天俯仰独扶藜
——记杰出诗人程坚甫 / 006
我在菜地前下跪 / 041
“去村”记 / 048
怎样走进另一些冬天 / 052
荒年琐记（二则） / 057
我的碉楼 / 061
眉公外传 / 070
严冬的乡村小店 / 081
已老还乡（二题） / 090
花尾渡上爷孙 / 102

悄立市桥 / 114
独饮茶 / 120
乡愁的终端 / 130

下编 海外的台山 / 141

衣锦还乡记 / 142
落叶归根记 / 177
向后代播种乡愁 / 201
在“养家银”的两端 / 217
唐人街的女乡亲 / 228
一张讣告 / 236
中餐馆的电话铃 / 242
朱老板这辈子 / 248

后 记 / 260

前　言

广东省台山市是我的原籍。

关于它，2021年9月，“台山政府网”这样介绍：

台山市位于珠江三角洲西南部，地处粤港澳大湾区和海上丝绸之路重要节点，陆地总面积3 286.3平方公里，现辖16个镇、1个街道办事处，常住人口90.77万。台山素有“全国第一侨乡”“内外两个台山”之美誉，有160多万台山籍乡亲旅居海外及港澳等90多个国家和地区。台山是著名的“排球之乡”“广东音乐之乡”“中国曲艺之乡”“飘色艺术之乡”，还是全国文明城市提名城市、国家森林城市。

台山是海洋大市，海域面积2717平方公里，海（岛）岸线长697公里，有广海湾和镇海湾两大海湾，大小海岛（礁）349个，其中上、下川岛分别为全省第二、第六大岛。全市有可供水产养殖的浅海21万公顷，沿岸滩涂（潮间带）1.3万公顷，渔港3个（沙堤渔港、横山渔港、广海渔港）。

台山是能源大市，是“中国电能源产业基地”和南方唯一直购电试点地区。有规划总装机容量1050万千瓦的台山核电和规划总装机容量900万千瓦的国能台电。2020年，台山核电发电量231.18亿千瓦时，实现产值83.04亿元；国能台电发电量177.2亿千瓦时，实现产值65.75亿元。

台山是农业大市，是珠三角著名的“鱼米之乡”，先后获评“全国粮食生产先进县（市）”、国家农产品质量安全县和“中国优质丝苗米之乡”。全市耕地面积7.2万公顷，粮食播种面积109.6万亩，水产养殖面积40.8万亩。

台山是旅游大市，是广东省著名的生态休闲旅游度假胜地以及国家全域旅游示范区。

以上所宣示的，是“公众的台山”，或称“台面上的台山”。同时，每一位乡亲有一个“自己的台山”。

“自己的台山”，意为：既保有家乡的原汁原味，又以独特生命体验作了加工。二者不相重合，互为参照。

我的生活轨迹，以“三山”为标记——台山、旧金山、佛山。我出生于台山北部的水步镇，在附近上小学。12岁考进县城的第一中学，念了三年初中，三年高中，毕业后留校参加“文革”两年。1968年回到小镇。数月后作为知青，下放到祖屋所在的村庄。务农一年。进生产大队小学当民办教师五年多。1976年被招工，在本县一小“衙

台山老城区

门”当最低级公务员四年多。1980年夏天和家小移民美国，是年32岁。然后，在台山人密集、唐人街上乡音盈耳的旧金山市定居。从2011年退休起，在旧金山和佛山两地轮流居住。

人和故乡的关系是怎样的？最近，曾任国内某文学刊物副主编的加拿大评论家杨苗燕女士在对我作品的评论中，提出一个教我心折的观点：故乡是一个“过程”，而不是一件“东西”。

我以为，它至少包含三层意思：

第一层，故乡之所以恒常处于动态，不但因为你生于斯，成长于斯，而且终生影响、感动、激励、制约着你，其动力是乡愁。

第二层，离开家乡以后，家乡依然被你携带着，这就是并不过时的老话：“三岁定八十。”然而，彼岸的时间与空间，让你拥有另一种人生，另一种立场与视角。对照，反思，取舍，和阅历同步，不会停歇。

第三层，尼采说：“一个人真正的成熟，就是重新走向孩子般的清澈。”进入老境，对“近来”的健忘和对“从前”的清晰几乎成为正比。灵魂正艰难而踏实地回归童年。而童年，是被你累积的经验更新过的，它也属于“过程”。

这本集子所收，都是后中年及老年的作品。去国数十载的游子，叙写一个人的“两个台山”——境内的和海外的。内容包括：自身及亲人的往事，故人旧地的风情，还有旧金山的台山人的生存状态。需要强调的是，“境内”和“海外”没有明确的界限，家国情怀、形而上的乡愁、形而下的越洋航班、无远弗届的媒体、亲情、友情、同学情，诸如此类，交融，发酵，宣泄。我以文字记录这一“过程”。

2022年春节于旧金山

上编

境内的台山

江天俯仰独扶藜

——记杰出诗人程坚甫

一

洗布山在我的家乡并没有特别之处，连闻名海内外的碉楼也没一座。却因为出了写旧体诗的程坚甫，近年渐渐为人所知。

洗布山在台城郊区。2005年11月初，秋的末尾，本该天高云淡，可是，白天被铅一般的云团遮盖，天空成了一床严严密密的雪被。太阳隔着“雪被”照着，浅淡的光线，软软的小风，带着阴鸷的热度，并没有丝毫秋的萧散和干爽。

一行三人——邑中年过八旬的著名诗人陈中美先生，我，还有一位中年女士，名叫惠群，到了洗布山村口的牌楼前。牌楼髹了新漆，又堂皇又琐碎，配上歌舞升平的一对楹联，更显出土财主的本色。我眯眼四望，面对的柏油公路，成排的柠檬桉，以及老屋檐下灰头土脸的绣球花，是陌生的，但牌楼后的民俗风景是熟稔的——一个北方人模样的货郎，在石油气炉灶上制“箩底糍”，还有爆米花的、卖串烧牛肉的、搓棉花糖的，散布在四近禾塘（粤语，禾场）的角落，各自围上一群叽叽喳喳的小学生。狗在无所事事地跑，叫，把巷子口的鸡群撵得咯咯乱飞，蹦出几根鸡毛。我儿时，即距今近五十年前，在冬闲的晴天，这样的景致常常见到，放到“秋老虎”肆虐的今天却不伦不类。不过，在锅里用乌黑砂子炒糖醋栗子，这种从外地传入的小食档，那时倒是没有的。

洗布山，和家乡所见的一些村子一般，外观上与无可救药的颓败并立的，是勉为其难的华丽。肮脏颓旧的老屋，和耍花架子的新房，毫无章法地挤在一起。模仿西班牙别墅的小楼，外墙批荡漆上抢眼的朱红，淹没芭蕉树萎靡的巨叶，村前横着一道道排污水的明渠，黑得发亮。和摊档相隔30米的一处禾塘，坐满了女性。五光十色的衣服，唧唧喳喳的，活像鸟投林，似乎在玩扑克牌。侨乡人特有的闲散，大咧咧地堆在阳光里，人的头顶隐隐冒着热气。

因为惠群早已用电话联系好，一位中年男人在村口迎接我们。来人瘦高个子，五十来岁，老有点心不在焉，努力打起精神和客人应酬，使场面带上例行公事的味道，但还算尽责。惠群悄悄告诉我，他叫仲平，是程坚甫的侄子。程坚甫无后，哥哥有两个儿子，仲平是长子，次子康平过继给程坚甫。康平在二十世纪八十年代的移民潮中去了美国，偶尔汇钱回来接济老人。

仲平把我们领进程坚甫的故居。诗人原先住的仅是青砖老屋的三分之一，其余三分之二属于他胞兄的后人，即仲平和康平兄弟两家。老夫妻去世后，仲平把旧宅拆平，建了一栋洋气的房子。说它洋气，是因为所有墙壁嵌上粉红的瓷砖，教人一进来就发腻的温热恰似屋外的秋阳。鞋底也老像要打滑。仲平请我们落座，三人拘谨地坐在因家具太少而显得空洞的客厅，我开玩笑说，这里大得可以开武馆。惠群在屋里徘徊，眉眼低垂，步履沉重。我尾随她，像个笨拙的侦探。

惠群走到厢房门旁，指着用白瓷砖铺的矮灶说，老诗人生前，灶台也在这地方。砖裂的裂，泥灰掉的掉，天花板和四壁给熏得黑糊糊的。烟囱经年没清扫灰垢，有一年堵死了，烟全往屋里冒，邻居以为闹火灾。她转身进了卧室，指着一个角落说，老两口的床在这儿，蚊帐上落了无数补丁，棉纱的经纬几乎看不到。冬天就一张掉絮的棉被。临离开时，惠群还说，老两口有个卧室还是后来的事，康平一家出国前，一家四口人占这边厢房，老人家只好睡在“厅底”（厅堂），她指了指铺上瓷砖的一个小角落。“他啊，反正行李家具没几件，两手一提就搬过去……”言下不胜凄然。

凭着乡村经验，我在脑海里描出一幅“诗人幽居图”：灶侧一处空档是放柴草用的，该是禾秆、竹叶、树枝。数九寒冬，老人自己或者妻子，瑟缩在柴堆里，借灶膛的余温御寒。门栊前该有一张八仙桌，桐油剥落净尽，接榫松了，四条腿年复年地撑持着，没有散架。饭桌也是诗人的书桌。煤油灯是小号，棉线上的火苗还要捻到最小，衰微的光明所笼罩的，就是诗人独有的诗之国度，以不足一尺的光晕划出了与尘世的疆界。墙壁的砖缝该有好些铁钉，是老人在城里的建筑工地拣来的，钉上挂过柴镰、斗笠、蓑衣、印着“尿素”字样的简易雨衣。门角靠着楠竹扁担，表面光滑无比，初削好时应带着毛刺，多少年间，主人用瘦削的肩膀作为磨石，把它打造成现在的模样。上面闪着橘黄光泽，是中年以后无数泡汗水浸渍的结果。

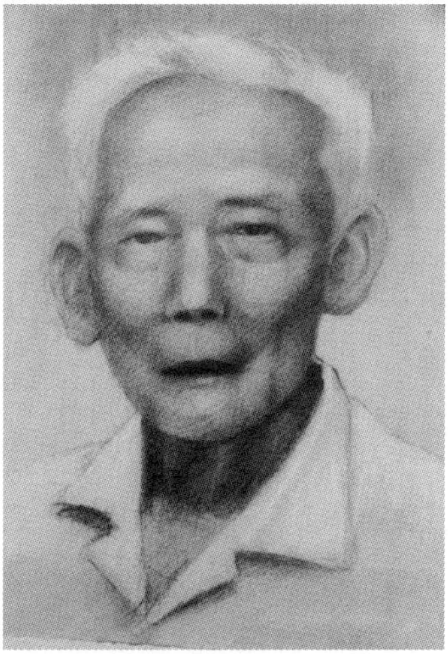
程坚甫先生像（岑之邦 作）

诗人两口子在“厅底”栖身的年月更加不堪。那里堆满侄子两家人的粪桶、锄头、戽斗、箩筐，还有单车，天井旁边养了一头永远喂不饱的猪。离“无立锥之地”只差一步，然而，我肯定，摇摇欲坠的八仙桌仍旧占据床头靠近猪圈的一隅。我没来由地从风流文人屠隆的小品名作

《考槃余事》，想到檀香架上的兰、紫砂壶上的水汽、茶盏里的龙井、端砚里墨的光泽、蒲团、折扇、门旁的大瓷缸插着国画和书法的卷轴……我搔搔头，苦笑。惠群疑惑地看着我。

我出门，在巷里来回走。身前身后，有的是百年老屋，死猪不怕开水烫的姿态，其中挤着几栋煞风景的新房，一丛枇杷树的叶子从残垣上头探出。一个小媳妇挑着铁水桶低头从身边闪过，棕绳和桶发出奇异的和鸣，仿佛山风吹过环佩。我闭上眼，脑际浮现老诗人，他笨手笨脚地打开门，被晨光射得眼花，咳嗽着，捶了捶胸口。阶前，小猪呶呶地叫，拱开对面的篱笆。诗人嘟囔着，费力地拉开趟栊，走出门，把小猪赶到禾塘。我想，这位精通古典文学的读书人，他的乡居，和他在八仙桌上神交有年的古代同行比，并非毫无近似处——门墙上有爬山虎，天井下有青苔，夜里有蟋蟀和青蛙的叫声。

惠群指了指龙眼树下的巷子告诉我："我娘家也在这里，弟弟搬进城里以后，屋子没人管，墙壁倒的倒，家具碗碟让人偷的偷，早不成样子，顶可惜的是我在工艺厂给瓷花瓶画图画那些年，收集了好些工艺品，都成了地上的碎片。"

这教我记起文人须臾不可缺的书，程坚甫学养深湛，看他用典自然熨帖，故实随手拈来，便晓得一二。那么，在板床的木枕旁、八仙桌上，堆着什么书？可有《全唐诗》《杜诗详注》《杜诗镜铨》《读杜心解》？可有《剑南诗稿》《渭南文集》《放翁词》？也许，在“文革”初期的“破四旧”运动中，为了避人耳目，他把线装书藏在贴上毛主席像的神龛后面。他曾写《拟冯梦龙辞世二律》，从序言晓得，他读过郑振铎的《中国文学史》，知道冯梦龙在清兵入关、明朝大势已去时从容殉国，留下《辞世》二律，但未见其诗，他便作冯的“替身”，代所景仰的古人明志。但不知道，程家供天神的木架上，和牛轭、磨盘堆在一起的，有没有冯梦龙的不朽之作“三言”——《醒世恒言》《警世通言》和《喻世明言》？

二

仲平带路，我们去扫程坚甫的墓。穿过一条公路，进入一个坑坑洼洼的建筑工地。惠群提了提裤腿，蹑脚走过瓦砾，说：“地产商抢着圈地，准备将来建小区。”过了一个田埂蒙满白灰土的小田垌，便是一个难得看到新房子的小村。仲平对着不远处的山头，迟疑一阵，趋近一位在门外扬斧头劈柴的汉子问路。汉子说路在前面，不过不好走。我劝陈中美先生不要爬山，在这里歇着等我们。陈先生不肯，说去一次算一次。惠群怕他口渴，托劈柴的汉子打电话，让他那在不远的村口开杂货店的妹妹送矿泉水来。少顷，摩托车开到，带来四瓶矿泉水，大号的，惠群的理由是大号和小号只差两毛钱。不过，拿着炮弹似的一瓶，上山更加吃力。

从村后上路，两个面目和家乡人相异的年轻女子，黑红的肤色，像在青藏高原上蒙受过紫外线过度暴晒，站在晾晒着废纸的空地旁边，好奇地看着我们。我问她们是哪里人，答说河南来的，专门捡破烂。我环视附近的屋子，门口站着赤膊的小伙子，长相都不像本地人，我猜是这些女子的合伙人。

我敢说，这是生平登过的最艰难的山。坡不算陡，但没有路。山我爬得不少，昔年打柴，挑百斤柴担，爬高坡时脚一滑，连人带柴滚下谷底，但好歹有堪称清晰的路。而路，和人烟、家、目的地一类字眼一般，是能在孤独旅人心里产生暖意和动力的。每一步都得对付缠绕不休的茅草和藤蔓，还有拦在半腰和头顶的横七竖八的树枝。陈先生后悔没带开山刀来。我说，带来便济事吗？“披荆斩棘”一豪语，我们用了多少年，到了被无所不在的植物围困时才明白，哪怕再简陋再荒芜的路，都比开辟草莱省事。仲平在前头，一个劲地说快到了，其实是边走边认，走了一阵，说错了，回头再走。惠群干脆从原路回到村里，叫来在门口劈柴的汉子，要雇他来带路。仲平不肯，说他能对付。惠群随手折下一根树枝，给陈先生当拐杖。每个人的脸都挂着发亮的汗滴，仿佛带晨露的秋日荷叶。

“看我们这样走路，程坚甫先生在天之灵在保佑故乡的诗人！”陈中美先生感慨万端地说。

到了山顶，再从面西的陡坡往下走，终于见到零零星星的墓地，几块乌黑的石碑，背后伏着被风雨削得又矮又小的坟。仲平的头从红得招眼的灯笼花丛钻出来，叫道：“在这里。”果然，在高大的山稔子树重重覆盖的洼地，躲着一块石碑，上面刻着：“洗布山何莲花之墓”。拨开茅草，两尺外还有一块，刻着“洗布山程坚甫之墓”。介乎楷体和魏碑的字体，大小不等，仅算端正而已。

我们把鲜花摆在两座坟之间，阿全点了六枝线香，在每个坟头插上三枝。

三个年龄不等、都热爱诗的台山人，向墓碑虔敬鞠躬。墓碑太简陋，没有镶上嵌瓷制照片。据惠群的描述，诗人晚年身高在一米七十以上，年轻时应不止此数。何莲花没有照片存下，据说个子奇小，高不及丈夫的肩膀。

程坚甫之墓

惠群在城里走了老远才买到的花束，有康乃馨、玫瑰、百合、马蹄莲和金线菊。泉下的诗人夫妇，今宵没有享用三牲、酒和纸钱，却有花香相伴。

面对着寒伧的墓碑，陈中美先生想起1997年夏天，密西西比河畔的诗人周正光，曾经给他寄钱，托他代向程坚甫墓献花。陈中美转而委托惠群。事后惠群寄来墓前摆放花束的照片，陈中美为此写了绝句：

托把鲜花献墓前，收看照片即凄然；
奴才凶手有人爱，只是诗人不值钱！

陈中美先生早晓得，程坚甫夫妻的坟已迁过一次。原先在山腰，因被征来建楼盘，便往山顶搬。迁移匆忙，新坟比旧坟更草率。诗人身后的萧条，年甚一年，因为人事的缘故。

三

诗人故去已十七年，生前无缘认识，读他的诗，也是十年前从陈中美先生所搜集、编辑和出版的《洗布山诗存》里头。直到今天，除了旧诗词的写作群体，知道他诗名的台山人还是不多。城里的文联、作协和文学社团这些圈内人，多半称“没听说这名字”。同村的老百姓当然熟悉他，却丝毫不知道他精神层面的价值。前年我在旧金山，到一家广东菜馆吃晚饭，中年侍应生是同乡，和我聊天，互道来处，他说他是冼布山人。上菜的间隙，我问他可知道程坚甫，他骄傲地说：“还用说？他是我的三公。”我问他，可知道“三公”是杰出诗人，在旧体诗词上的成就，不但在家乡稳坐第一把交椅，在岭南，乃至在中国，都有显赫的地位。他尴尬地笑笑，效法洋人，耸肩，摆手，没有搭腔。我是明白他的潜台词的——是又怎么样？还不穷一辈子？好在我埋单时，他搭上一句：“三公的字可是没说的，旧金山的中国人，我看没一个比得上他。”

如果程坚甫不作诗，如果他平生所作的诗，没有陈中美先生这热心且懂行的家乡诗人，在他故去多年后热心推荐，那么，程坚甫和妻子，将和三台山下千千万万老百姓一般，活着受磨难，最后悄悄死去，留下小小墓碑，经受人间风雨。到最后，子侄自顾不暇或者相继老去，山坟无人祭扫，碑石上的字迹漫漶湮灭，彻底地化入泥土。这么说来，纸上的铅字比石上的刻字具有长久得多的生命力。

四

程坚甫生于1899年秋天，人生分为两段：五十岁前，属于“旧社会”，五十岁至八十八岁，属“新社会”，几乎各占一半。

程坚甫少时的家境不错，能在广州念完中学就是证明。然后，在广州燕塘军校担任图书馆管理员。燕塘军校是陈济棠主粤时开办的，以培养广东军政干部为目标。陈省长自任校长，可见对它的期望之高。程坚甫凭着“有文墨”，写一手教在旧金山当侍应生的晚辈五十年后仍旧赞不绝口的好字，先后干过广东省盐业公会秘书、韶关警察局文书、中山县地方法院秘书和广东高等法院汕头分院秘书。他原名君练，从孩提起被伙伴起了绰号“嘟嘟练”，因有严重的口吃，与人说话嘟嘟囔囔，自己急出一额头汗，听者仍旧不知所云。这一生理缺陷，使他无法进入宦途，充其量做一名舞文弄墨的下层文职人员。也许是因薪水太低，仅够两口子的每月用度；也许是出于文人不羁的习性，不事储蓄；也许是嗜书如命，余钱都买了书，他每次离职，都囊里空空，连回老家的路费也没着落。老一辈村人还记得，二十世纪三十年代末期，他从曲江解职回家，这头放下行李，那头便揭不开锅，只好到村里的赌馆去借钱。发牌的乡亲一边从盛赏钱的“水缶”中掏出几枚“双毫”来，一边深有感触地念了两句流行的打油诗：“过了午时无饭吃，满肚文章也当闲。”诗人红着脸，从哄笑的人群中冲出去。这该是他唯一的“打秋风”，所受的羞辱终生铭刻于心。

从此，他在洗布山成为本色的农民。已近中年，并不谙农事。凭他的才学，在中学或小学当个教员是绰绰有余的，然而总是“口欲言而嗫嚅”。向往田园的诗人也许要问，务农不好吗？陶渊明“乃瞻衡宇，载欣载奔”，不是冲着“三径就荒，松菊犹存”？然而，谈何容易！

五

穷，对诗人似乎并非一无可取。欧阳修在《梅圣俞诗集序》中云：“盖愈穷则愈工，然则非诗之能穷人，殆穷者而后工也。”我则认为，处于绝对贫穷的境地，诗人是无法不间断地写诗的。写“床头屋漏无干处，雨脚如麻未断绝”的杜甫，被郭沫若在《李白与杜甫》一书中考证为“地主”。理由之一，是他的《茅屋为秋风所破歌》有一句：“卷我屋上三重茅”，那么说明“屋顶的茅草有三重。这是表明老屋的屋顶加盖过两次……这样的茅屋是冬暖夏凉的，有时候比起瓦房来还要讲究”。

撇开意识形态的成见，讨论一个问题：中国的诗人，能承受多沉重的贫穷？黄仲则够穷了：“惨惨柴门风雪夜，此时有子不如无”，“全家都在风声里，九月衣裳未剪裁。”他只活了三十七岁。拿程坚甫来说，他生活在著名侨乡。台山近一二百年间因有侨汇挹注，在全国远远不算穷县，尽管地理位置在珠江三角洲末端，被人称为“水尾”。而况洗布山比一般乡村优越，它是县城的郊区，当局为了解决城镇人口的吃菜问题，将它列为不种水稻而专种蔬菜的“特区”，农民和城里人一样吃上商品粮。程坚甫两口子，每人每月大米二十二斤。比一年到头种稻子，到了青黄不接时节，村民只能以豆角叶和番薯充饥的生产队，口粮上有了起码的保证。二十世纪七十年代“农业学大寨”时期，各村实行大寨式记分，壮劳力一天赚的工分，折下来不过几分钱，所以农民有“累死累活买不到一枚邮票”（八分钱）的怨言。洗布山因生产的是可马上换成现钱的青菜、芥蓝和萝卜，每“工”（即全天，全劳力赚到最高的十分）值上三角，每月可预支七元。程坚甫垂垂老矣，拿不到这个数。七十岁起无法出勤，生产队本想把他划入“五保户”，他委婉地拒绝这个可能每月带来五块钱补助的优待，所持理由是：“五保”只有“老绝户”才有资格当，他呢，好歹有过继来的侄子，不想玷污家族的名声。村里的生产队长可怜老两口，也为了减轻队里的负担，派他担任“称肥员”，职司给各家各户送来的屎尿过秤，折为工分，登记入册，以便年底分红。他所得的报酬是每月一百五十分。

这对夫妇怎么生存呢？二十世纪五十年代和六十年代，他们都从五十开外进入花甲之年，打柴，种田，养鸡，和所有农家毫无二致，为的是活命。独特的途径是卖粮票。每月二十二斤大米的定量，普通人根本不够吃。他们“吃不完”是假的，像营养不良的穷人去给“血头”卖血一般，从牙缝里省，不过是最后的办法罢了。凭着吃商品粮的特权领到的粮票、食油票、肉票、糖票、春节前发的年货票、中秋前发的月饼票、肥皂票，实物得花钱买。他晚年唯一的新棉袄，就是出售十八斤粮票所得的三十五元买下的。那已是废除了布票的八十年代，棉袄买自成衣摊，他笨口拙舌地砍价，老板居然减掉五块，让老人高兴得像小孩子。

程坚甫是手无缚鸡之力的书生，谋生能力有限，几十年下来，幸免于变成饿殍，主要靠矮小而坚韧的太太。她七十岁后仍旧常年当保姆，一中校长的两个女儿就是她一把屎一把尿地养大的。教人听来发长叹的是，老太太临终前那几年，白内障十分严重，视力近于零，摸索着走路，却揽了一个匪夷所思的差事——在医院当陪人。放在稍有人情味而经济条件不错的家庭，老太太早已被儿孙雇人侍候，从吃饭、穿衣、沐浴、如厕到上床下床，都得到照料，如今却反过来，要半残废的老人去给病人端便盆，洗澡，擦身，喂食。

兼具穷书生和苦老农身份的程坚甫，如许多村民一般，有一点“茶瘾”——每天要到茶楼去，让劣质普洱水仙寿眉，烫烫塞着不多的白菜帮、咸鱼及米饭的肠胃。多半是独来独往，袋里空空，付一毛的茶位钱，已颇教诗人挠头皮，至于茶客视为理所当然的最低享受——“一盅两件”（一盅茶，两碟点心），只好敬而远之。为了避免“埋单”的尴尬，他不和熟人同桌，远远地躲在角落意态悠然地“打水鼓”（乡间茶客对“纯喝茶”的叫法）。他去的是离家最近的“燕喜”茶楼，有时候赴诗友之约，到远一点的“湖心舫”。紫荆花和凤凰花的倒影下，从容地联句唱和，算是他至为“兴会淋漓”的雅事。

到了八十年代初，雇请太太当帮佣、陪人的东家宽裕了点，她拿到的工钱多了一点。老诗人第一次有了积蓄，总数五百元。他不敢动它，这是雷打不动的“棺材本”。八十岁那年生日快到，他咬了咬牙，进银行结算利息，提出三十元，买了一双鞋子。

在上天无路、入地无门的境况中，诗人不是没有想过自我了断。好在无论多倒霉，也没失去对肉身的敬畏。非得为身后事准备足够的钱，不然，怕被人用床上的破席子卷起来埋掉了事。为此，诗人对朋友开玩笑说：“这辈子最后的愿望，就是在公路上走着走着，被一辆车撞倒，当场伸腿归西，然后，靠赔偿金来办丧事。”黑得不能再黑的幽默带着几许绝望？记得在美国声名三十年不坠的乡村歌手威尔逊有过“死的设计”：到五十岁一把年纪，和情人偷情，被情人的丈夫捉奸在床，他从卧室狼狈逃出，情人的丈夫放枪，在他背部开窟窿。不过是在电视脱口秀上说着玩，以博粉丝们哄堂大笑。程坚甫笑不出来，他有的是迫在眉睫的困顿。

然而，对追求充实的精神生活的诗人而言，更深重的苦难在形而上。熟知历朝兴亡掌故的读书人，终生沉湎于诗的末代才子，前半生历经颠沛流离却没有缴出自由的笔杆，在后半生，不能不充满愤怒、忧愁、悲哀、压抑感和无力感。

当台面上的人物辗转于批判台、学习班、“牛棚”和干校的苦役，和文坛毫无瓜葛的七旬老人程坚甫，掌一把坤甸木做的黑色大秤，郑重其事地将坠着大铁砣的绳子，在秤星上挪过来挪过去，手拿探肥针插进爱贪小便宜的婆娘用大量池塘水稀释过的尿里量浓度，偶尔为了质量问题、斤两问题，和乡邻发生口角。在这里，我想起激赏程坚甫诗作的一代散文大家、比程坚甫小二十六岁的王鼎钧先生，他在回忆录《关山夺路》（生活·读书·新知三联书店，2013年版）中，提到一桩发生在二十世纪九十年代的趣事：在纽约一个有於梨华参加的小型茶会上，一位大陆来的作家问王鼎钧，当年（指王鼎钧随国民党军离开大陆赴台的1949年之前）青年普遍“左倾”，他何以能脱离影响。“我说这得从《阿Q正传》说起，赵家被人抢劫，阿Q蒙嫌受审，法官问作案始末，阿Q很委屈地说：‘他们没来叫我！’一座皆笑，只有於梨华尖声说：‘你万幸！’”据此说来，三台山下的诗人程坚甫也是“万幸”者，出于两个另类的原因：一来，隐藏在社会底层，从来不向不懂诗词的人谈诗。同村乡亲看他逢上年节写春联，有时应有婚娶喜庆的人家之请，写个“双喜”和“好男好女好婚姻”的喜联，也仅仅晓得他“字写得好”而已。二来，旧诗词在乡村没有多少人涉及，官员的文化程度有限，台山有一任小学程度的文化局局长，他审批歌曲，光会把简谱中低音音符下面的点，全移到头上去，图的是“革命歌曲高昂响亮”。因此，程坚甫这些尽管故意抹掉写作具体日期，不触及时政但也够斤两被加上诸如“白专”“靡靡之音”“宣传悲观主义”“借写个人的贫穷潦倒以宣泄对社会的不满”“借古讽今”“影射”一系列罪名的旧体诗词，得以保存，而不必像生怕被当作罪证而修改以往日记的吴宓教授一般，战战兢兢，诗稿都藏进砖缝去，甚而风声一来，就得付之一炬。文明史和精神史上又一悖论：诗人的生存，唯一的使命就是当一只蚌，把苦难孕育为诗的珍珠。在鸡鸣狗吠的穷乡村，对于身世，他有时桀骜不驯地爱着：“多少世人争捷径，我来偏不羡终南。”有时勉为其难地赞美着：“翁老虽贫未算穷，清生两腋是茶风。”

六

程坚甫侥幸没因诗罹祸，但诗稿还是失去两次，第一次是1951年，《不磷室诗词》被妻子烧掉，那是他自幼时到成年的作品合集。他从小酷爱旧诗词，和哥哥一起，“昕夕唱酬，凝神思索，刻意推敲，殆无虚日。及至中年，丁逢丧乱，箪瓢屡空，吟兴不因少减。”他还乡后凭回忆记录下五、七言诗二三百首，编成一集，藏在家里，最后却遭到这般下场。二十世纪五十年代，他和在台城杏和堂（药材店）做事的苍城诗人周燕五结交，“彼此切磋最久，唱酬最多，数年之间，所为诗不下四五百首”。周公爱惜这位诗友的才具，答允代保存全部书稿。程坚甫便让他把全部心血的结晶带回老家，不料运动一波波袭来，周燕五成了过不了河的泥菩萨，只好把存稿悄悄毁掉。程坚甫闻讯，痛惜万分，只好再次搜索记忆，但追记下的作品仅占总数的十分之一二。

据陈中美先生为《洗布山诗存》所撰序言载，程坚甫存下的旧体诗词共六百四十多首，其中七言律诗三百四十多首，七言绝句两百多首，五言律诗三十多首，词五十多首，五言古诗四首，七言古诗两首，五言排律两首，五言绝句一首。印成《洗布山诗存》后，陈中美又收集到遗作一百多首，他选出七十二首，连同二十一联摘句，编成《程坚甫诗补遗》，在《明园玉楼咏诗》一书中刊登。迄今收集到的程坚甫诗作，约八百首，占他全部作品的二分之一。古诗云：“吹尽狂沙始到金”，说的是文学作品在岁月长河中的自然淘汰。程坚甫诗得以幸存，并非选家或口碑筛选的结果，因此不乏浮泛之作、应酬之作。好在，里面没有肉麻的“圣代即今多雨露”，没有违心的检讨。只要把他的诗放到它们出生的时代去，便知道，单单是这般自伤自怜、自怨自艾，就已是怎样的冒险。

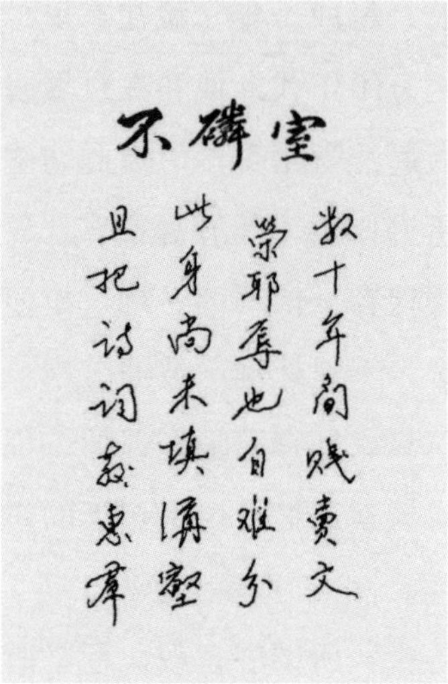

程坚甫先生手迹之一

回顾毕生呕心沥血投入的诗事，程坚甫这般“夫子自道”：“不磷室主百无成，多愁多病复多情。旦暮吟哦口不辍，老来仅得一虚名。声调悲壮格律老，少陵之诗夙所好。中年复爱陆剑南，剑南矜炼最工巧。生平寝馈二家诗，立卧未尝须臾离。”另一面，自称“余生善病，原非无病呻吟；老遇多穷，毋亦因穷得寿”的程坚甫，常因多愁苦语，而被人指他学写《两当轩集》的黄仲则，对此，他委婉地否认：“绝世聪明黄仲则，吾宁敢列弟子行！”至于倡神韵的王士祯，鬼才李贺，他说难以追摹。他追随“少陵野老”和“剑南放翁”一辈子，1960年春三月，他六十一岁上，编成《不磷室诗存》后在自序里声称：“十年浪迹，谱入弦中；一片秋声，闻诸纸上。可谓苍凉沉郁，蔽以一言；若云俊逸清新，失之千里。”“苍凉沉郁”四字，历代诗家拿来概括杜诗的风格，程坚甫将之悬为鹄的，但不敢固步自封，谦逊地说：“唯吾自揣袜线才，一毛不敢袭其皮。”

前面说过，没有陈中美先生倾注心力和财力，程坚甫的诗，最大的可能是从此湮灭。陈中美这位名重梓里的诗家，毕生从事旧诗词写作、研究，晚年投入旧体诗的革新试验，在1997年，即程坚甫去世近十年之后，才意外获得程的遗稿，读后拍案叫绝，当即写一律诗：“近在城边竟不逢，读诗才识出群雄。一身愁似黄仲则，七律工如陆放翁。不怪题材欠广阔，深怜情景善交融。拟将杰作吟诗会，共赏诗人百炼功。”1997年春日，栖居密西西比河畔的诗人周正光，从报上读到陈中美先生《台山杰出诗人程坚甫》一文，低吟文中所引程诗“客囊似水贫难掩，妇面如霜笑更稀”“不妨晨起随鸡唤，无复宵行动犬疑”，凄然欲泪；诵到“廿年往事难回首，一笑唇开有剩牙”“寻醉欲瞒黄脸妇，游春忘是白头人”时，哑然失笑。随即，这位早岁学诗、在羊城获“周七绝”美名的中年人指出，程坚甫不但是台山一地的杰出诗人，他直可北上中原，与当代名家一较短长。

程坚甫的诗，经身在海外的台山诗人推介，渐渐为人所识。尽管到了新世纪，在故乡，他仍旧是山中被稔子树藏匿的渺小墓碑。前面提到的一代散文大家，来自台湾的王鼎钧先生，在二十世纪九十年代末，撰写长文《慕旧惊新读残篇》，着重分析程坚甫律诗的造诣。王鼎钧生于1925年，比程坚甫年轻二十六岁，相隔恰恰一代，王受过旧体诗的科班训练，写得一手好律诗。他指出，程坚甫律诗的难能可贵处，首在顿挫。如：“半世穷能全我节，百篇慧不拾人牙”，“津如可问舟常便，山不能移宅亦幽”，极尽跌宕错落之妙。其二，内涵上求新求变。“兵马纵横闲看弈，江天俯仰独扶藜”，“作者从自我出发，强烈的主观感觉扭曲外在世界，即使在现代新诗，也是很前卫的”。其三是诗人自食其力，粗粝自甘，保有俯仰不愧的风骨。王文的结尾，掷地作金石声：“诗，多半是从‘无可奈何之遇’中生长出来，是不敢言，不忍言，不能已于言，可以称为最后的语言。所以古人认定（其实是希望）‘诗心通天’，因为‘天’是人的最后呼求。律诗的框架很适合这最后语言的栖息，看来规规矩矩，听来曲曲折折，想一想模模糊糊，只有天知道。我们强为解说，权充知音，聊慰诗魂于九泉。”

纽约张宗子，这位以学问和思考见长的海外散文名家，尽管才四十多岁，和王鼎钧相隔一代半，但精研中国诗歌史，他把程坚甫放到诗的长河去作考察，在给我的信中说：

程坚甫的诗绝好，有点像聂绀弩广受称誉的“散宜生诗”，但我觉得锤炼得比聂更精纯。二十世纪人中，凡旧体诗诗名盛传的，其实多不好，有学问，没诗才。郁达夫这一类，不专攻旧诗，偶尔为之，反而可喜。程坚甫是真正古典意义上的诗人，所谓以诗为生命者，既有功底，又具诗才。文中所引都是晚年之作，看得出来，没有多年磨练写不出来。他学杜甫学得到家，鼎公所说的“顿挫”，正是典型的老杜句法。他由老杜入，却不从宋诗出，非常难得。学杜的，最怕一路滑到江西派不好的那一面，从此万劫不复。清末同光诗人，虽有意矫正，还是出不来，给人的印象是似大而小。我想程的性情也和老杜相似，他和陆游反倒距离远。不过，学技法，陆游是个好老师。陆游的路比较正。至于黄仲则，觉得程先生比黄更有深度。黄贫困一辈子，很懦弱。虽然也傲，归根结底太伤感。当然，黄死时才三十五岁，不成熟。程得高寿，世事都看透了。

七

时人读程坚甫诗，也许感到它的反映面狭窄，无法看到多少时代的痕迹。陈中美先生在编撰《洗布山诗存》之初，也有这样的遗憾，后来改变了看法。对此，程坚甫也有交代：“常防一字能招祸，何况千篇莫疗饥。”所以他故意隐去日期，模糊背景，以防堕入文网。不过，也许是诗人一时大意，也许是斗胆留下雪泥鸿爪，若干诗章还是让人一窥当年实景。巧合的是，以下题为《入市见壁间大字报有云“打倒刘长卿”者戏以咏之》的绝句，为我当红卫兵的1967年亲眼所见：

古今偏有姓名符，一个诗人一俗夫。
暴虎不殊由也勇，老拳挥击莫糊涂。

那是台山一中学生的造反组织“红台野”，在“揪军内一小撮”高潮中贴在台城的闹市中的，三十八年后印象尚在。这一口号写在旧报纸上，每一张一个斗大的字，字体张牙舞爪，毛躁蹩脚，一定教68岁的书法家程坚甫看了直摇头。“红台野”的司令是我的同班同学陈某，他在“文革”狂潮中走偏锋，是极左里的极左，炮打县武装部部长刘长卿的口号，是他为了呼应广州中学红卫兵中最过激的运动而炮制的，果然在小小县城引起轰动。程坚甫这一首，巧妙地运用艰深的典故（“暴虎”和“由也勇”），以深沉的曲笔嘲弄荒唐的世象。如今细细体味，更觉到复沓曲折的诗句，透出的是诗人的深沉义愤：你们不是要打倒俗夫刘长卿吗？好啊，红卫兵赤手空拳和老虎斗，和仲由一般勇敢啊，我这老头子当然要看准他，挥出老拳啰——反正他是一介武夫，不是写出千古名句“柴门闻犬吠，风雪夜归人”的古人。

写到这里，我随手拿起最近出版的《台山文学报》，在“纪念程坚甫”专号上，有一张老诗人和惠群母女1985年在台城南湖畔拍的照片，他那年八十六岁，面庞瘦削，双颊因缺牙而瘪下，是典型的马脸。头发全白，有如皑皑白雪，白衬衣和深色西裤，一似斯文的教书先生。衣领旁的肩头微耸，骨架嶙峋隐约可见，叫人想起李贺的咏马诗：“向前敲瘦骨，犹自带铜声。”我忽发奇想：我在台城求学加上工作，前后待了十年多，也许，在“牛屎巷”的大字报棚前，在革新路熙熙攘攘的“趁墟”人群中，在“湖心舫”的茶客里；在柳条轻轻拂扫通济河水面的二月，在紫荆花落满双亭桥下湖面的夏午，可能遇到过这位清癯的老人，他戴着笠帽，穿着俗称“唐衫”的褂子，赤脚或者穿着“皮底”（废用轮胎做的简易鞋子），若有所思地走着，口里喃喃，那是在推敲或者哼吟新成的律诗。

八

在“已邀俗眼无多白，惟恨衰颜不再红”的年岁，诗人枯槁灰暗的生途上，竟出现彩虹般的奇迹——和同村知青惠群结下了生死不渝的情谊。那年，他七十五岁，惠群二十四岁。惠群向我忆述她和老诗人结交的经过：

该是1974年的秋天吧？一个晴朗的早晨，我刚从别的公社迁出，在条件稍好的洗布山落下户口。为了向生产队上交家肥，在塘基上第一次看到称肥员就觉得他与众不同，一头银发，身架瘦削，但腰板笔直，穿的虽是普通的文化衫，褐色塑料鞋还破了好几处。风吹来，因过分松阔而飘得特别活泼的衣角，难以言传的耿介和文雅，教我肯

晚年程坚甫(左)与诗友兼义女惠群(中)

定，他不是老粗，而是有来历的高人。称罢屎尿，他一手提着大秤，一手拿秤砣和登记簿，脚步风快走进巷子。我噗哧笑了：他不就是现成的姜子牙吗？从渭水畔回家……过了几天，傍晚时分我从织篮厂下班，又去交肥。找上称肥员的家，老两口正在吃晚饭，老人看我手拿扁担，一脸不耐烦，只好放下筷子，提秤随我到禾塘去。我来得不是时候，他心里有气，说话有点冲。我的嘴也不饶人，顶撞了他。老人摇摇头，很快服软，问我哪来的，叫什么名字。“惠众济群，好名字哩。”老人说。我瞄了瞄他手里的登记簿，哇，一页一页尽是蝇头小楷，笔画端整，字体俊秀，我敢说这是天下最典雅的屎尿数字。

从此，惠群和老人成为知心朋友，直到老两口相继去世，十三年间，她是他们唯一的亲人，两老的衣服由惠群包下，要么惠群自己要么惠群的母亲当裁缝。

惠群和我，同是一中校友，我念完高三，留校参加“文革”时，她上完初三。在造反的年代，这个梳一对羊角辫的清纯女孩，加入校内最狂热的组织“红台野”，不是骨干，只是跟着起哄、参加游行和撒传单的小喽啰（我这次见面时，忘了问她，贴“打倒刘长卿”这条大标语时，她有没有在旁提糨糊桶）。戴红袖章时头脑极单纯的疯丫头，到被程坚甫收为义女时，已在乡村熬了好几年，南国的骄阳严霜以及人世坎坷，使她成熟而忧郁，对灵性的生活充满渴望。吟咏“我有文章无处写，付他禽兽语林间”的老诗人，受她强烈的求知欲所感动，收她为学生。在教作诗的过程中，无儿无女的老诗人渐渐投入感情，把她当作骨肉——不，比亲生女儿还要亲密的灵魂伴侣，诗途的肝胆之交。

惠群对我说：“我常常去他家，每次的‘手信’都是九毛钱一斤的‘一枝花’牌饼干。老人为了款待我，也预先作了准备，多半是香蕉。如果我好几天不去，他家里的香蕉变得烂熟，还舍不得吃。我到如今每次吃香蕉，都尝到当年的酸味，很难下咽。老人教我作诗，还留我吃饭，平日都是一碟蒸咸虾，我带了鱼肉去，便是大节日。我把他当老师，有一次，我用单车载他进城，去拜访台山最具名望的一中老语文教师周尔杰先生。他一手拿拐杖，一手握着车杠，一路摇摇晃晃，没摔下来，真是走运。他和周先生见面，介绍我时说：‘我的义女。’我这才明白我们的关系。”忆起一老一少的相依相携，老诗人的对门邻居至今还抑不住羡慕：“那时节，不管刮风下雨，三公都站在巷口，等候阿群，看到阿群从不远处的芭蕉林后出现，微笑着，有点不好意思迈步往家赶，备好茶水，搬好凳子，让阿群一进门就能谈诗。”

事隔三十多年，已过半百的惠群说到三公，不由自主地噙着泪。那段清贫岁月，天天靠种菜和编织草篮来赚可怜的工分，无书可读。在憋闷欲死的青春年华，一位忠厚、博学、耐心的老人，把她引进诗的国度——千年国粹的渊薮，人文精神的巅峰。“更无王翰愿为邻，老少情投自有因。可语诗词惟此女，能称风雅又何人？嗟予未识儿孙乐，看尔奚殊骨肉亲！闻说高飞犹有待，纵然失意莫伤神。”这是老诗人和惠群交往之初送给后者的律诗，身世之感，父女之情，为师的期冀，朋友的同心相应，都融合在里面。1979年暮春一个黄昏，老人和“男人肝胆女儿身”的惠群“坐谈甚欢”，回到家马上写下绝句：“相逢老少两形忘，欢笑灯前赌食糖。忽忽归途诗兴动，星光月影夜茫茫。”两人以“糖果”为赌注，赌什么呢？老的先背老杜律诗中的颔联，继而要少的念出颈联，背不出要受罚。抑或，少的打开《剑南诗稿》，念一个题目，请时常告诫作诗“不能言外无寄托”的老师，谈谈这一首忧愤之作的意境，谈不出得认罚。还有，老人出一个自度的灯谜：“伊人去也，一日分离，如隔三秋，两泪盈盈，并作一处流。”字谜虽繁复，却被聪慧的女弟子一下子猜中：“‘群’字！”老师呵呵大笑，弟子得意地拍手嚷道：“该罚该罚。”是如此迷人的刑罚——弟子剥掉椰子糖的玻璃纸，让老人放进牙齿没剩几颗的嘴巴。他有滋有味地品咂，用胆汁浸泡的漫长生命里，唯一的甘甜！

“三公平时，口齿比牙牙学语的婴孩还糟，可是，念旧体诗，那个流利灵光！一气呵成，《新婚别》《丽人行》《秋兴八首》，从头到尾，用保存唐音八声的台山话曼声吟哦，没错过一字，没打半个疙瘩，活脱两个人，你说奇不奇！”惠群兴致勃勃地对我说。惠群一直珍藏着义父的诗稿，起先，都写在零零碎碎的纸头上，要么是包生切烟丝的纸，一尺见方，皱巴巴的，冒着辣得呛人的烟味；要么是两三个指头宽的卷烟纸。后来，惠群进了城里的工艺厂，当上给花瓶描画的师傅，弄到包装纸送去，当老师的才有

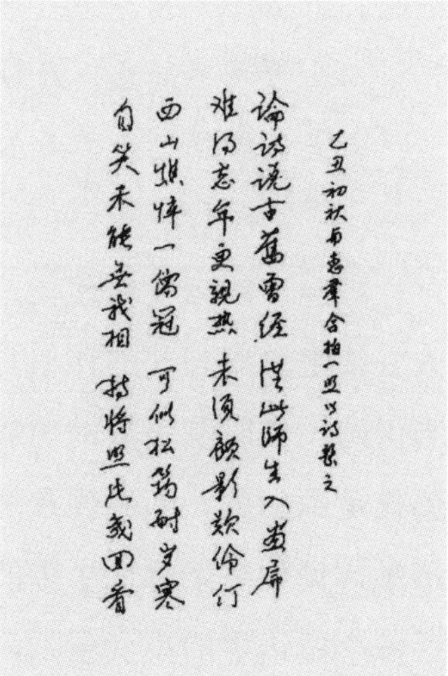

程坚甫先生手迹之二

了正经稿纸。诗作以灵动飘逸的小楷抄下，每回和惠群见面，都会送上几张，是教材，也是纪念品。

如今，惠群早已是下岗工，回忆学诗的经历时说，刻骨铭心的，不是老师传授的路数，什么音律、对仗、八病、拗体、赋比兴，什么形神兼备、兴观群怨、温柔敦厚，而是老人所投入的感情。他在行将就木的余年，热情地最后燃烧，对人间的全部希望，对诗的毕生不渝的坚持，都倾注进这段非关爱情却胜于爱情的骨肉之爱、师生之谊中。惠群在程坚甫夫妻的晚年生活中，无论日常的柴米油盐还是看病抓药，都占据极重要的位置。惠群说，不这样做，怎么对得起在青春岁月，领我走过艰难、彷徨与幻灭的心灵救星？听听老人披肝沥胆的嘱咐吧——

人生十九不如意，且暂低头织草篮。
老夫姑缓须臾死，看尔鸡群飞出来！

程坚甫的老妻何莲花，1983年七夕去世。老诗人不但失去终生患难与共的伴侣，也失去了经济支柱。她在台城当保姆、当医院陪人的工钱，几乎是家庭的全部收入。何莲花是中山人，随夫住在洗布山这么多年，老家的口音改不了，见到乡亲总怯生生的。惠群眼里的“三婆”，“永远像个做错事的小女生”，谁见了都不能不怜惜几分。这打击是毁灭性的，老人一直没流过眼泪。惠群明白他的灵魂已随苦命女人而去，肉身的麻木，看镇日呆滞的眼神便知道。惠群忧心如焚，对老人说，哭吧，哭出来就好了。老人摇摇头，沉默着。流泪，原来是大福气。随后，程坚甫的耳聋症益发严重。1985年，孤苦老人的生日到了，惠群买了一个蛋糕送去。老寿星捧着罕见的礼物，泪眼婆娑，手一抖，蛋糕摔在地上。

1987年冬天，老人倒在村口起不来。一个人骑自行车撞倒了他，却逃跑了。他缠绵病榻一个多月，终于撒手，享年八十八岁。“给车撞死”是老人生前带黑色幽默的设计，不幸而言中。惠群在村里的丧礼中，按照乡间老例，把老人当作父亲，披麻戴孝，排在出殡队伍的前头。萧瑟的山风吹着她头上的孝巾。山河寂寞，溪水长流。

九

2005年11月初，我们找到程坚甫从前的对门邻居——阿娇姐。惠群和阿娇姐是熟人，这回见面，惠群送了一期以整版纪念程坚甫的《台山文学报》给她，她更加热情，主动和我们谈起“三公”：

“我1958年从台城嫁到洗布山，我原来是正牌吃国家粮的，父母贪图夫家有几条美国路，硬逼我嫁到乡下。过了门，生下四个儿女，养大成人，一辈子平平淡淡。”这位自称今年七十一岁的妇人，矮个子，身板粗壮，半世纪的农活和家务，把城市娇女子改造成本色的村妇，一如改造文弱书生程坚甫。穿半中半西的开司米灰色窄腰套装，颇像乡镇干部，这教她获得说话的自信。她一个劲地感谢惠群给她送报纸，“我又能看到三公的东西了，真好，今晚好好读！”那份书呆子才有的陶醉，尽管不伦不类，但着实感动了我。

“那些年，三公还不认识惠群，常常和我聊天。夏天夜晚，我们在塘基纳凉，三公给我讲‘古仔’，什么‘鬼才伦文叙三戏柳先开’，什么‘聊斋’，什么‘卓文君’，说话不利落，但我们听出了‘耳油’。我老公偏讨厌这个，一看见三公对我说诗谈文，便低声骂‘读坏诗书穿烂鞋’，活该穷死。我气不顺，回到家开骂，他说不过我，动手打。这些我从来没敢对三公说，怕他伤心，以后我没‘古仔’听。”

阿娇姐侃侃说着，她上学不多，于诗是外行，却透彻地了解两位相处半个世纪的邻居的生平遭际。她诉说何莲花怎样勤劳，诉说程家的日常饭菜是没油的蒸咸虾、炒细盐和菜园摘来的青菜，荒年只能以稀粥和番薯充饥；诉说老派的贫贱夫妻，爱意从来不形诸言辞，而是以生命相许的诸般细节。

（自然，她不知道程坚甫的诗《湖畔归来老妻正在晨炊因景生情率成一律》：

侥幸寒厨薄有烟，座无宾客更无毡。
居常温饱知何日？卖尽痴呆又一年。
富倘能求犹未晚，磨而不磷岂非坚？
明朝依旧谈诗去，倚杖城南老树前。）

她说，数九寒冬，她到井头打水，看到程坚甫戴一条把头和大半张脸包裹起来的破围巾，穿露出白絮的棉袄，腰扎一条布带，一手拿小铁铲，一手拿粪箕，过一小会，便停下步子，在嘶吼的北风里，哆嗦着手，用围巾抹去老是滴不完的清涕。后来她给他送上一副自己手织的毛线手套。

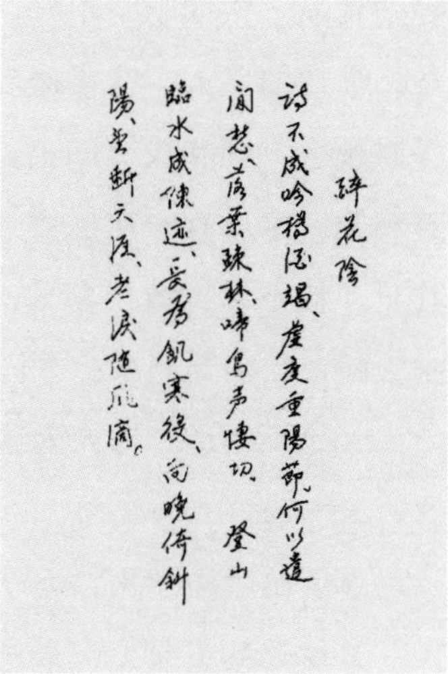

程坚甫先生手迹之三

（她自然不知道，诗人为此写出被精研历代诸家诗词的陈中美先生誉为“千古所无”“可敬可爱”的拾粪诗——《拾遗寄朗轩》：

老去犹争一息存，未妨营役博饔飧。
守株以待应无兔，执畚相随尚有豚。

予取予携心未懈，乍行乍止日将昏。
此时逐臭求温饱，半世儒冠不要论！）

她说，程坚甫两口子在家里养鸡，却难得吃上肉，养大了便拿到市集上卖出，好去买定量配给的大米和油糖等副食品。太太眼睛不好，容易受人骗，只好由程坚甫出马。高瘦的老人，在市廛专卖鸡鸭的摆摊区拘谨地蹲着，等候顾客。顺利成交倒也罢了，有时卖不掉，灰溜溜地提着鸡笼回家。有一次出卖一窝小鸡，顾客只想买挑出来的几只，他不忍拆散一家子，硬是不肯。说到这里，娇姐拍拍大腿，哈哈笑起来："怪不得三婆常常骂他傻！"

（她不知道，诗人为这群小鸡写了诗：

翼长鸡雏渐学飞，今朝出市复携归。
只缘读墨谈兼爱，未忍分教两面违。）

她说，她过门不久，就和程坚甫夫妻结伴，到离家几十里的水蛇坑打柴。年轻人把柴草挑到山脚，用单车运回。他们没有单车，靠双脚走完全程，两个人轮着挑一担。老书生和个头像侏儒的妻子，是怎样不幸的搭档？柴打下，到了墟期便挑进城去卖。"启明星在半空，鸡没叫就出门，几十里路，回来时肩上压一担柴草，去一回'死翻生'一回。我那时才三十出头，都吃不消，难为三公三婆哟！”

（她不知道，近六十岁的打柴汉，当时写出《戏赠柴镰》：

割鸡割肉两无关，渐被尘埃掩旧颜。
今日偶然翻眼底，当年曾不去腰间。
锋芒易挫终成钝，草莽难除且退闲。
延濑歌残人亦老，岂宜携手再登山？）

十

那天，拜祭罢程坚甫夫妻的墓，我们站在山头远眺，东面不远处，一个山包被剖开两半，几辆卡车在搬运黄泥，往深坑里倒。坡上，一排房子已具规模。惠群说这是一所中学的校舍，为扩大招生而建的。更远处，青山如黛，高速公路如蟒蛇，游走在岚气掩映处。这就是我的家乡，诗人的长眠之地。

陈中美先生背着手在山顶徘徊，沉吟良久，指着脚下一处较平坦的黄土地面，对我和惠群说：“不管以后怎么样，一言为定，墓迁到这里来，墓碑正面，刻上‘台山杰出诗人程坚甫与夫人之墓’。”我们热烈响应，三人商定，碑石力求高大，朝东而立，遥对故乡名山——三台。程坚甫的侄子仲平当场爽快地拍了胸口。对此，陈中美先生特别感到欣慰，早在1997年，他已计划把程坚甫夫妻的墓，迁到本邑的新名胜“石窟诗林”去，与镌刻着程坚甫不朽诗作的山石长相伴，可惜程家的后人嫌路远且崎岖，不予配合，才选上这个周折多多的地方。

下山时，远看东面，灰色的天幕下，铲泥车的巨铲铲下泥土，倒进车箱。我没来由地想起程坚甫八十四岁生辰的感赋词：

游戏红尘，放浪形骸，八十四年。叹南辕北辙，聪明自误；嗟何及也，岁不吾延。湖海归来，山林老卧，回首前情渺若烟。拚投笔，向秋风打稻，春雨犁田。

……

不晓得是悲凉还是欣慰，泪水叭地滴在草上。

我在菜地前下跪

午前的阳光，惨白，挂在村前的公路上，有如纱帐。站在路旁的石基上张望，左边，南方，公路利落地劈开萧索的冬日田野，向阴霾覆盖处伸展。右边，北方，黛色的连山。离开公路，再走三十步，是我的村庄。跨过低矮的围墙，走过铺上水泥的禾塘，是我家族的祖屋。屋龄八十年，水磨青砖的白灰缝在阳光里闪烁，仿佛池塘潋滟的绿波，并不显颓旧。此刻，心情极端复杂，既对这一切了如指掌，又时时堕进五里云雾中。徘徊于公路和田野的结合部，嗟叹，六神无主，皆因内心汹涌着的感情，急于寻觅一个决口。“大道如青天，我独不得出！”

我迁怒于新开的公路，认定它所带来的前所未有的方便，只供小偷作案，而忽略它作为交通枢纽的优越。两个月前，小偷们驾驶小货车沿公路长驱直入，停在路旁，驾轻就熟地打开祖屋的坤甸大门和趟栊。反正里面无人，待多久都行。大半夜地毯式搜索，连值几个小钱的青花瓷碗也找不到，顺走神龛前两个铜质香炉。炉内积聚了大半个世纪之久的香灰，倒在阁楼上阴刻“银台报喜竹生花”下方的木板上。我这次回来，为的是看劫后的状况。

上午进老屋，在厅堂、二楼、阳台各处查看。早在被破门的次日，我们预测小偷必来第二次，为的是搬走可卖钱的笨重酸枝炕床和太师椅。趁他们的车子驶来之前，尽快托乡亲把“诲盗”的百年家具搬往别处。当然，屋这么老，建筑上的毛病一样不缺，如漏雨、铁闸被锈蚀。我快刀斩乱麻，请外村修理房屋和制造铁门的专业户来评估，出价，敲定施工和完工时间，把款子也付了。

如今的祖屋，从盗窃专家的眼光看，已没半点油水。于我依然是宝库，它收藏着家园记忆。我和每一次回来一样，都要到处翻翻。对了，坏透了的心绪就是“翻”造成的。翻到最后，不知是扬起久积的尘土，还是检出的旧物比起上一回更为残缺，难以忍受，逃命一般走出户外。被公路拦腰砍开的田野，也没让我感到舒畅。风没有吹，麻雀在榕树下啾啾。

就在这一刻，我发现众多的小片菜地。正午将至，有点毒的日头晒蔫了绿色。这个时候来菜地，一似大早进女士的深闺，撞见的只能是素面和皱巴巴的睡衣。然而，这就是我要的灵魂皈依地。我扑通一声在水泥地和泥土交界处跪下。一分钟前，一个比我小一辈却苍老无比的乡亲擦肩而过，我打招呼：“阿牛，来我家吃糖。”他笑呵呵地推辞，说要去墟里看老妈妈。此刻，周遭没有人，没有动物，我尽管痛痛快快地匍匐。男儿膝下有黄金，我的黄金就是家园的泥土。

抓起垄下的泥土，所夹杂的黑灰色颗粒提醒我，菜地无论大小都是对混凝土的蔑视。看看手里的疙瘩，再看看比泥土还黑的手指，这是在老屋尘灰中翻检留下的痕迹。刚才，替我家看管祖屋的阿全在前头带路，不迭地说，小心，木板霉坏了。我随他小心翼翼地试探着，踏着木梯到楼上去，楼梯和阳台交会的小块空档，放着两个塑料盆，盆里满登登的水，是从屋顶瓦筒间的裂缝漏下的雨。阿全把盆捧下楼，倒掉。阁楼上，最先吸引我的，依然是数百本自费印的诗集，抽出几本来，带到城里去，填充住处的书架。然后，拉出五斗橱的抽屉，要找记忆所依托的旧物，乌黑的尘土已掺入我去国后寄回来的彩照。由于杉木做的窗门散了架，雨水年复年地打进来，照片漫漶。当初，父母每一次在家里拆开贴着外洋邮票的信封，夹在家书里的照片总引起全家的雀跃和邻居的赞羡，如今已无法辨认。我离开家乡前，这厢是我的卧室，本该遗留我当民办教师时写的教案，硬皮簿上的诗稿（记得有一本，我的诗行夹上一岁儿子的涂鸦，还有一本，是和诗友唱和的合集），读书笔记和友人的通信。可是，往昔消失得无比彻底。转移到另外一边，即父母出国前的卧室去，却小有收获。小学一位同学的一英寸黑白照，底面有赠送者的名字；初中毕业的团体照；我最要好的诗友去美后寄来的第一个贺年卡，里面有一首打油诗，这位做老派新诗一辈子，从来没忘记押韵的诗人，唯独这一首失去韵脚，为了孤悬海外盼望我前去聚首过分急切的缘故；一封父亲从旧金山寄给在家乡的三弟一家的信。这些我都放进一个袋子带走。

然而，更大的震撼发生在我从二楼走下来之后。乌黑的手来不及舀一瓢井水洗洗，乡亲们陆续进门。一双双成年在野外劳作的手，粗糙得可惊，握一回被刺痛一次。全是出国之后每次回来差不多都见到的面孔，都老得过分快速和抢眼。当了一辈子泥瓦匠的波哥是贴邻，上次见到腰杆还挺直，这一回伛偻着，牙齿几乎掉光，笑容硬是挤不出来。他弟弟阿豪，也过七十，壮健依旧，看那一脸深刻的皱纹，马上想到是我的镜子。村里最老的两位老太太来了，嘴巴瘪得厉害，嗫嚅着，我握着她们的手，努力倾听，原来是诉说我儿子幼年在禾塘淘气的趣事。那是三十二年以前，她们在我家门前的晒场，替生产队晒谷子，中气十足地驱赶钻过围栏的鸡鸭。年轻人哪里去了？我问进门的婶母，她们掐着指头算。巷口的阿新，在小镇上开小餐馆，很少回来。巷尾那七八户人家，都在县城买了房。阿贺离谱，台风把老屋的屋顶掀掉一半，也不回来看看。最靠南边那栋屋子的主人阿权，前年害肝癌去了，不到五十岁。阿养的老婆，当过队长的阿广，娶对门的瘸足阿珍为妻的阿仁都走了，还有两个上吊了。当过中学教导主任的阿永，去世多年，老婆改嫁……乡村的破落，一如我人去楼空的祖屋，占据它的，在冬天是无所不在的灰尘，在春夏是从天井爬上厅堂的苔藓。我趁乡亲们和妻子话家常，溜出家门，在公路上透气。然后，是堆满视野的菜地。

我跪在菜地上，直到被泥土硌着的膝盖从痛楚变为麻木，才缓缓站起。三十步开外的榕树下，那花岗石砌就的社坛，是全体乡亲供奉的神祇，我拜祭时只是作揖而已，此刻何以对并不抢眼并不广阔的菜地付出近于极端的崇拜？这出格，连自己也惊讶。反正，我被震慑了，征服了，同时，我找到了！一若苦吟诗人找到诗眼，地质学家挖到矿脉，丢失孩子的母亲拥抱复得的血肉宝贝，久渴的菜苗痛饮活水。

菜地为什么感动我？它和公路自然而然地实现了“无缝对接”。没有篱笆，没有栅栏，没有围墙，难道绿色生命和冰冷的水泥之间，果然可以省去所有过渡？如此地猝不及防！这是泥土对水泥的对峙，还是对质？是乡村向现代的抗议，还是和解？是田野悲壮的维权，还是带着幽默感的妥协？不错，为了建造“半小时交通圈”，田野要赔出最肥沃的地块，国家虽然给每块地以补偿，其丰厚，竟使得一些早已高升为“城里人”的村民，匆匆忙忙把户籍往回迁。然而，退让是有限度的，绿色开始反击了！这就是农民的智慧。菜地可以用“无孔不入”来形容，在水泥地的任何间隙，哪怕只有斗笠大小，只要是黑土，就能招引深藏若虚的生机。在这里，可以发现任何图形：尖锐的三角，大模大样的矩形，灵巧的菱形，妩媚的半月形。蝴蝶在豌豆花上，蚱蜢在番薯藤下，蜻蜓在椰菜花上。我直起身子，弯腰扶直一棵白菜秧子。乌黑的手沾上更黑的泥。我不要洗掉。

我忽然意识到，我的下跪，是为了和蔬菜取得类似的高度，一如大人面对小孩子。且流连光景，这就是最顽强的生命！开满黄花的白菜，尽情舒展成向日葵扁平形状的花椰菜。露出半截肥白躯体，以婉转的姿态纠缠垄上篱竹的，是荷兰豆的藤蔓。从泥土里露出小半滚圆身躯的萝卜，碧玉似的生菜，列兵一般的青葱，大家闺秀的墨菜，小家子气的松蒿，绿成黑色的芥蓝……篱竹被叶子包裹着。轻轻拨开，里面是羞怯的豆角。细看藤蔓的末端，婉转如李清照词，纤巧得教你不忍触摸。远处有矮矮的瓜棚，我俯伏在地上，看纵深处一条条节瓜。最大的一个，被石头承托着（主人怕它长下去，把藤扯断）。地上逶迤的瓜藤，处处有玄机——躲着一个个胖嘟嘟的佛手瓜。拿起一个看，中间的皱褶间冒出一片芽，这就是种子。耳畔依稀响起水声，那是乡亲，在公路旁边的小溪舀清涟涟的水去浇菜。想象中，朝阳下水花的鲜丽，是一双双不屈的农民的手，营造支离破碎的田园。只要有泥土，就有生长的生命。想起陆放翁诗句，“悔不畦蔬过此生”，不知是讽刺还是感慨。

继而，我想，为什么菜地都没有设置防线？过去，离村里较近的菜园，务必围上篱笆。不然，猪、鸡、狗、牛、羊以及村里村外“长三只手的”，都可能进去捣乱或偷窃。如今，蔬菜太卑微，小偷懒得动手。进我家老屋搜掠的贼子，车子在菜地旁边经过不止一次，也秋毫无犯。随即，我触及一个惊心动魄的问题：我的乡亲难道没有牲畜了？不是没有这个可能。我们的车子刚才开进村，没惊飞过一只带小鸡觅食的鸡婆。严格的说法是：不多的鸡鸭被关在栏里，它们在村巷闲逛的自由被剥夺，因为盗贼太多的缘故。大牲畜则确乎没有了。村庄所面临的头号事实，乃是人口急剧减少，出国的、迁居城市的、凋谢的，占了大部分。我当知青时担任生产队会计的洪仪叔，四十多前在禾塘建起的新队部前发表演说，描写大寨式新农村的远景：“将来都不用打牛屁股，用拖拉机！”泥砖建的队部早倒塌了，他已九十五岁，镇日躺在床上。我何其渴望，刚刚拄着拐杖离开我家的阿罩他妈，在禾塘晒谷子时，依然要吆喝，掷小石子，把贪婪的鸡群赶出禾塘。

不必深究了，也不必将卑微的绿色作过度升华。人间从来是合成，是混和。从菜地回到家门前，在屋前空地上整理木料的前泥水匠阿波，看出我的神色不大对劲，凑近我，说，你家兴旺得很呢！看到吗？燕子一年年飞回来做窝。我看看门楣上，泥窝是空的。这个季节，候鸟都离开了。我点头说是。屋子空了十多年，它们还记得这个家。

“去村”记

“去村”，在家乡的土话里，意思是“走亲戚”。亲戚在别村，此“去”乃是“前往”。在儿时，大年初一过去，择吉日“开年”。开年后，“去村”便紧锣密鼓地开场。于是，在撒满爆竹纸屑的巷子前，在翻着白色泥坯的田垌中，在绿竹掩映的村道上，不难看到这样的场面：两个小孩在赶路，辫子上拴着红绒线的女孩，如此矜持和威严，不看个头也晓得是姐。小男孩一路蹦跳，拿着小篱竹东戳戳西挑挑，身上的衣服簇新，因太长而折了两折的裤管粘上泥巴。这姐弟是家里派出的使节，到亲戚家去执行强化亲情的使命。中国人醇厚的人情并不表现在贺卡和祝词，而是落实到“吃”上。姐姐所挑的荸荠般扁圆的“去村篮”，盛着应节糍糕——咸的“鸡笼”，甜的“煎堆”，又黏又韧的“大龙金”，咬一口尽是糖渍花生米的酥角……盖子的半圆提手夹着翠生生的蒜苗，里面搁着朱红橘子和利是封。如果是殷实的或者虽紧巴但不容许面子上有闪失的人家，扁担下还挂着鸡笼，一只毛色灿若晚霞

“去村篮”

的阉鸡乐天知命地蹲在里头。杨柳风吹面不寒，怀里塞满红包、打的饱嗝无不带着油腻的妙不可言的春节气息，“去村”是重头戏。

这样的搭档，是我和大我三岁的姐姐。“去村”这差使，既富吸引力又腻人。吸引力首先来自利是。所走的亲戚，无论穷富，都会塞来好几个红包，包里乾坤到开拆才知道。小孩子拿到后，放进上衣口袋，不时按按，却不敢当着亲戚的面打开。其次，亲戚家的人，外村里的孩子、牛和池塘，都很新鲜。然而闷死人。那年代既无电话也没多少自行车，天晓得大人是怎么捎话的，“去村”从没吃过闭门羹。篮子晃呀晃呀进了村，禾塘上晒太阳的大人亲切而冷淡地点头，巷子中玩陀螺和拍“公仔纸”的孩子眼带挑衅似地盯着，我们急忙低头走过。到了亲戚家，贴着春联和倒贴福字的坤甸门早已打开，大人喜滋滋地把我们迎进去。主人都是女人，当家男人要么上墟里的茶楼，要么到外村看狮子采青。我猜他们是为了躲避，这种纯粹礼节上的来往，年纪相差大，话匣子搜空了也没几句应酬话，只好敬而远之。记得一次到表伯父家，伯母不在，大表哥当接待员，相对时百无聊赖，他只好搬来棋盘，给我上操炮走马的启蒙课。揭篮盖是相当隆重的开场式，手脚利落的当家女人把小客人迎进厅堂，两个篮子摆上八仙桌。当家女人大惊小怪地赞叹："哟哟，你家老爷奶奶真客气哎，这么多好东西！""别生分，啊？随便坐，就像在家里一样。"我和姐姐在酸枝椅旁边靠着，不敢大咧咧地高坐，搓着手，站着发呆，麻木地点头，作有分寸的微笑。到时候了，伶俐的姐姐便一五一十地把祖母或母亲临出门时再三叮嘱，她演习得烂熟的套语搬出来："嬷嬷的话，鸡收下，给舅爷吃的。不要回篮。一家人，太客气不好。"当家女人不住口地说吉利话，把篮里的礼品一一拿出，先上供，焚香，烧纸钱，合十拜祭，其间还要和我们拉拉家常。天上地下的神明和列祖列宗的牌位一一拜过，一大盘糍糕切好了，推到我们跟前，"吃，你妈手艺真好哩。"我们哪里有胃口？只渴望早早结束。如果时间凑合，主人非得留饭，一个劲地往碗里夹除夕剩下来的咸鸡腿，还有不知上了多少遍蒸屉的榄豉角。菜好坏在其次，顶要命的是不自由。直到把放着回礼的篮子挑出门，走出村口的牌楼，才松口气，迫不及待地拆开红包。然后，撒开腿往家跑，为了那串没来得及点燃的“二踢脚”。

亲戚走了这么多家，只有一家我抢着去，那是我祖父的姨妈。家里全是女人：七十开外、脸成了风干核桃的曾姨婆，她那守寡的二媳妇，二媳妇的媳妇，二媳妇的媳妇的两个女儿。她家的男人，健在的都去了美国。她家后院有结果很多的番石榴树。两个女孩年纪和我相仿，大的文静，躲在房里不见人；小的脸圆，十分活泼，拉着我的手在巷子里疯跑，教我跳房子，抓子儿。然而，即使去这般有趣的“村”，也不敢放肆，多半坐在前厢房，静静地看女孩的年轻母亲做针线。所以，直到如今，想起她的家，脑海便泛起贴在厢房和卧室交界处的年画，梅生画的重彩工笔，白泥灰墙壁洇着柴火熏黑的痕迹，因为我坐的板凳，总是正对着这幅引颈长啼的大雄鸡，好些年都没换新的。

将近半个世纪过去，和我牵过手的圆脸女孩该是祖母了吧？离乡多年，已应陆游诗“天涯住稳归心懒”，可是一年年过洋节日，都想起儿时的“去村”。感恩节的晚餐桌前，面对生前轩昂、此刻味如嚼蜡的火鸡；教堂的晚钟里，面对挂满灯饰和袜子却没有一张“愿望清单”属于我的圣诞树；迎新年的鸡尾酒会上，面对着众多的黑礼服，充溢心头的，是因陌生而来的拘谨和无聊、些微的新鲜感、大量的茫然，毫无例外地，再也得不到一封“利是”了。

怎样走进另一些冬天

2013年末，在家乡的县城住下，已是第三天，没一点亲切之感。我的青少年岁月，多半消耗在这里，上中学，进修，工作，前后十三年。三十多年过去，相见不相识。总是迷路，总是纠缠在“过去这里是什么地方”一类无聊的追问上。其实，似曾相识之物，并非一概消失，比如，离母校最近的石化路，尽头处拆迁大潮中幸存的一行矮铺子，那里住过我的两位同班。从破旧的雕花玻璃窗的缝隙偷窥，也许旧物尚存一二，哪怕仅一面屏风。然而，无论走到哪里，都没有一根足以把我累积的乡思爆开的“引信”。

前天下午，冷空气抵达，满目萧索。黄叶，脚下。落花，阶前。从旅馆的第十层望下去，灰蒙蒙一片，全是“异乡”风景。环城大道上漫步，手给冻得不敢离开夹克口袋。中午，大商场前的工厂，被劲风收拾得干净无比，几乎没有行人。一只被开“摩的”的郊区农民遗落在露天长椅下的毛线手套，格外触目。

最强烈的感觉是举目无亲。小城岂无故旧？可惜此刻有可能见面、聊天的，要么正在上班，要么最近出了国。沿一道撒满白色垃圾的河涌旁边走，想不出它从前叫什么名字。新建小区旁边，一个被拆平的城中村，单单留下门楼，欲倒而未倒，呆立在围墙边，和瓦砾作伴。骑楼下，几位老人袖手坐在竹椅上，面向着我，随我的脚步扭动僵硬的颈，却都视若无睹，我是和他们毫不相干的外人。

本来，故乡是教归人心里踏实的地方。尽管早已晓得，乡愁未必能落实到眼前。从前的山水、草木、照过你一头黑发的水井、留下寻找最初花瓣的解放鞋印痕的梅林，一一被记忆选择，洗涤，诗化，然后归档于虚拟之乡。这都不是问题，我想要的，无非一星半点“从前有过”的标识。上学时全班同学参与的“追踪”游戏，一路用粉笔在树上、石板路上、凉亭的圆柱上，画下箭头。家乡，给我一个“箭头”吧！在急需取暖的冬天。

我一路这般念叨，自作多情，自嘲和自虐的成分均有。信步走向一个摊档稀疏、陈设散乱的菜市。远看便知道，并非正式的贸易场所，摆摊的是决心省下租金和税金的郊外农民，说不定城管三天两头来驱逐，若然，那把祖上传下的小秤怕要被折断。好在此刻太冷，执法者猫在办公室享受暖气。

就在这一刻，消逝了数十年的“冬天的城”完好无损地回来了！原来，乡愁是神出鬼没的灵感。这一回依托的是炉火。菜市的简易帐篷下，给冷成暗白的番石榴和干瘪的甘蔗旁边，五六个中老年人坐在矮凳或长凳上，围着一个炉子，一双双布满皱纹的手伸向中央。朝天炉子底部，是燃烧的木炭。已到尾声，通红转为锡白。为了延续，炉子加进木头、纸板和树枝。放在最上面的，居然是一块圆柱状蜂窝煤。

放炉子的地方虽背风，但北风迂回而入，把热气刮散。于是，远处摆卖猪肉、芹菜、柑橙的无牌小贩，即使享受不到它的暖，但抽抽偶尔滴下清涕的鼻子，竟是除夕油炸煎堆般的香味，带上一点儿辛辣。

想起白居易的《问刘十九》。他拿来烫新酒的“红泥小火炉”是不是这样？南国无雪，但冷成这般沉重和压抑的氛围，“能饮一杯无”自然是最得人心的提问。我走近炉子，热气烘着脸。手离开并不暖和的裤袋。一两分钟后，我这“外围分子”衣服较少的腿部，暖洋洋的，老脸热乎乎的，肯定罩上红彤彤的火光，比人们赞美的夕阳红更抢眼。

炉旁无酒，时间和场合均不对。热气中高高升起的是谈兴。清一色的台山土话，我的耳朵虽被冻硬，但不难分辨出围炉者的籍贯——仓下乡一人，朱洞乡二人，三八镇一人，四九镇一人。谈什么呢？“死蛇炳的舅仔，大把世界，前几天从纽约回来，昨天摆酒三十围！”禽流感警报之后，土鸡价格的涨势。阿晴她妈种的芥蓝昨天被人割了。南村阿洪起新屋，钱不够，向某某借，借不到，反被“喷了一面屁”。夹杂着被广府人安上“骑马过海”标签的台山粗话。

我抓到你了，家乡的严冬！青春是冬天一竿枯黄的竹子，触目的瘦，无力，尖利的叶子应着风声微吟。那个冬天，城里也这般冷落，县前路骑楼下，用杉木板围起一角，替人补脸盆修水桶的鳏夫，拉风箱的手皲裂成足可放进三个分币的口子。我从他面前走过，进入隔壁的印刷厂，坐在被白色纸筒包围的车间，一本本地检查刚刚印好的《毛主席语录》，记不得新书迷人的墨香，难以磨灭的是白纸的冷意。书页上黑色的铅字，一似水面的落叶。工资是记得的，一个月12块，勉强够吃半饱的午餐和晚餐，早餐被省略了。

冬天的记忆，和“非物质”有关的，只有印刷厂负责质量的师傅那绝顶严肃的态度——“印语录出错，可是要坐牢的！”可脑海中只充斥着饥饿。原来，“吃”这本能，比任何思想更加“战无不胜”。并没有多少餐馆。儿时的小吃档早已给清理掉。冻得牙齿打架的夜晚，吸着小瓦煲冒出的锅巴焦味，夹带着腊肠或者某种霉香型咸鱼的香气，是人间最大的诱惑。

思绪飞过一排灰不溜秋的相思树，在山上一座红砖碧瓦的宿舍停驻。灯光下，两个人——刘老师和我。他点着迷你酒精炉，用钢精锅煮了两团虾子面，分盛在两只瓦钵。两人对坐，他慢条斯理地吃，我“雪雪”有声地“吸”。他微笑着看我，把自己的那份分为两半，匀一半给我。北风嘶吼，把教学大楼上的大喇叭声塞进窗缝，是某一派的《最最严重抗议》，因为他们的总部被对立派砸掉。刘老师心情甚佳，由于他刚才在现场看到，他的“黑材料”已从人事室的档案柜里拿出来，公开烧毁，所以煮夜宵庆祝，邀我作陪。我谢过刘老师，跑步回到宿舍，这么冷的天，居然出了大汗。还有吗？炉火烧炙下，骤然活泛起来的记忆，还能把触角伸向哪里？人工湖的残荷，正市街小食店门前晃动的灯笼，环城南路的鸡公车。早已消失的泡水馆里，买一分钱沸腾的自来水，冲进盛着葛粉的茶缸，用汤匙搅拌，便成黏稠的“糊”，迫不及待地喝下，把嘴巴烫出泡来，是哪个冬天的星期天？

我终于回来！家乡，被层层叠叠的岁月所掩埋的家乡，复活于火。为了报答火炉的主人，我买了两斤卖相甚差的苹果。

荒年琐记（二则）

一、打赌

饥荒期间，因家乡是全国外汇最多的侨乡，境况稍好，但农民难以吃到大米饭。一种俗称“羊角扭”的植物，由于淀粉丰富（但据说有微毒，须在水中浸泡多天才消解）成为热门。有一天，村里的两位年轻人——刘根和刘新，帮邻居阿本的忙，把一张酸枝炕床抬到镇里收购站变卖，获得的报酬是一只羊角扭粉掺和极少量米粉做的包子，仅仅一只。阿本抱歉地解释，这是家里唯一拿得出手的食物，每人吃一半吧！

长年卖力气活的伙计，天天吃番薯，嘴巴不断冒清涎，包子一口气能吃十只，一只不够塞牙缝。然而，绝顶美食在前，天王老子也不管了。刘根拿起包子，要掰开。刘新说，慢着，赌一回，赢的吃整个。刘根的脑筋比不上刘新活泛，但也琢磨出刘新的心思——手头没秤，掰包子难得公平。谁也不愿吃亏，这么一来，就不必争吵。刘根问赌什么。刘新指指十步外的池塘，说，潜水，谁先冒头谁输。

两个人扑通跳进水里。包子由阿本拿着。刘根和刘新年龄相近，穿开裆裤时就一起在池塘游狗爬式。刘新早晓得，他的水性好得多，二人已进行多次非正式的潜水比赛，输家从来是刘根。这是刘新提议的缘由。

刘新暗暗得意。比赛开始，两人深深吸了一口气，头没入水中。刘新憋了好久好久，按以往的经验，刘根肯定已冒头，便把通红的脸探出水面，喘着粗气，狠狠喷了一口水。环顾四周，不见刘根。算你厉害。刘新又沉下，憋得更久，浮出水面，还是不见人。想赢我，没门！刘新吸气，又潜下。这一回浮上来，不见人，倒慌了，大声叫躲在榕树头抽烟的阿本："阿根呢？"阿本摇头说没见冒头。刘新说，快救人！阿本和刘新跳进水里，摸了一阵，才在水底触到刘根，已不省人事，却依然死死抱着一块大石。两人费了好大力气，才把刘根抠住石缝的手指掰开，差点把中指折断。折腾好一阵，把刘根抬到池塘边。刘根的肚子胀鼓鼓的，两人用力压，水从嘴巴吐出。刘根死灰般的脸色渐渐变红，活过来了，两个人大大松口气，揩揩一头的水和汗。

刘根睁开眼，第一句话是："操你妈的，不信赢不了你！"第二句是："包子呢？"阿本看自己刚才拿包子的手，空的，他下水时把包子和衬衫放在一起，包子被狗吃了。

二、追

乡间称“理发”为“剪毛”。理发师刘安，俗称“剪毛安”，他以吝啬闻名。一天，夫妻在家，村前传来“卖蚬肉啰”的吆喝声。那年代，污染没如今严重，大江河上还有采蚬的小艇。船家把蚬煮熟，去掉壳，盛在大筐箩里，穿村过巷叫卖。要不要买点？老婆问。剪毛安点头，打开锁，拉出抽屉，里面有一些皱巴巴的角币和分币，这是剪毛的收入。大人一角，小孩五分，瘌痢头不多收。他谨慎地拿出一张五分纸币，女人等得不耐烦，说，人家要走了！女人接过钱，捡起一个陶钵疾步走向禾塘。不一会，兴冲冲地回来，对老公说：“在这。”剪毛安瞄瞄陶钵，蚬肉的分量至多相当于两个鸡蛋，神情变了。老婆对他的脾性熟得不能再熟，一个劲地解释，如今卖到三毛二一斤，人家还说捞蚬越来越难……

剪毛安不搭理，拿起陶钵，一声不哼，闪身不见。老婆不知所措地说，糟糕！孤寒鬼（粤语，小气鬼）又要闹什么事！剪毛安平日踱的是四方步，此刻却拔腿狂奔，到巷子口，卖蚬肉小贩早已不见踪影。他追到村外的社坛边，前面有两条路，小贩走哪一条？他顿住脚，看到从自留地回来的村妇，问：“三婶，见到蚬肉佬吗？”“去龙田村了。”剪毛安在田垌中的田埂上飞跑，几次差点摔倒。小心地护住陶钵，不让一颗蚬肉丢掉。五分钱才这么一点点，哪怕掉进泥巴里也要捡起来。

剪毛安在龙田村的门楼旁，终于看到蚬肉佬，差点喘不过气，挥手，大叫，等一等。小贩停步，把担子放下，乘机歇气。剪毛安把陶钵伸到小贩的鼻子尖：“看看，我老婆刚才付你五分钱，就买这么多，可当真？”小贩看着这满脸油汗的汉子，以为他嫌贵得离谱，要退货或者补偿，慌忙说，什么都涨了，市面蚬肉一斤卖到三毛八，我为照顾熟客维持原价，五分钱只能给一两八钱，不信称给你看。剪毛安一句也听不进去，打断他：“你就回答我：是，还是不是？”蚬肉佬斩钉截铁地说，怎么不是，五分钱买个天呀？

“不就结了！”剪毛安转身往家走。小贩纳闷地看着，摇头，自语：“这家伙怎么啦？”

碰巧龙田村有人来买蚬肉，看到这一幕，笑着对蚬肉佬说：“如果你说不是，今晚他老婆就得睡地板。”

我的碉楼

有客问我：你好歹是生于号称“中国第一侨乡”的土包子，家乡风物多少涉于笔下，怎么不见专门写碉楼的文字？我搔首苦笑，是啊！这么多年下来，碉楼只偶尔提及。它可是侨乡景点的“第一品牌”。和台山相邻的开平市，前几年就以碉楼为主打，申遗一举成功。如今，广东旅游业最具代表性的名胜之一，就是这类遍布五邑尤其是台山和开平两市的奇特建筑物。碉楼，无非是碉堡的放大和变形。和它相关的，是抢掠、绑票、枪战、流血、恐惧，而不是乡村应有的宁静、和谐。也许是见惯的缘故，我没觉得这一类建筑物有多少美学价值。小时候，我的太姨婆所住的村庄叫平安里，我一年要去许多回，不是新正以后例行的走亲戚就是为了嘴馋去摘她家菜园的番石榴。平安里由于位处交通要冲，从前贼匪常常路过。因此，平安里路口的碉楼威震八方。这是状如立方体的土黄色大楼，窗户小而稀疏，前后是茂密的龙眼树和黄皮树。这四层高的堡垒属于村里的富户。这富户祖上在镇上的教堂当执事，从此，乡人给他家的当家人都冠上“耶稣”——建碉楼的许传叫“耶稣传”。在强盗横行，村里有钱人家的儿女动不动被“标参”（勒赎）的民初年代，主人是许传的孙子“耶稣干”。有一次，一队从新会开来的贼匪路过，被许干率领的村民截住。匪首在碉楼下喊话：“耶稣干，你我素无冤仇，何必呢？”许干想想，这一群匪类清楚他家的底细，早晚会施加报复，便吩咐手下把从各窗口伸出的鸟铳撤掉，让出大路。从此，四乡传下这样的歇后语：“耶稣干——各事各干。”

“我的”碉楼，并非产权归我，而是有这么一座，属于我的青春记忆。这座碉楼，建造于二十世纪三十年代，由村里无论人丁还是田产钱财都傲视其他刘氏后裔的“学宜公堂”出资，并非属于全村，尽管贼匪包围村庄时谁进去躲避都不会被驱赶。到我当知青的岁月，学宜公的后代有了好几十口，在外的不算，村里有五户。五户中，要数学宜公的嫡孙希坤实力最强。希坤伯一家，儿子四个加上两个女儿，一个个精壮非常，平日上山打柴，农闲当泥瓦匠。学宜公不爱管事，每天午间必上小镇的茶楼，家政由太太掌握。碉楼大铁门的钥匙，通常系在希坤婶的薯莨唐裤（类似当今的七分裤）的“白莲带”上。

“同安碉楼”，门额上这四个颜体楷书，每次我抬头看到，都要生出轻微的敬仰，不是冲着字的肥硕稳实，而是阳刻的色地，那种罕见的蓝色和阴丹士林布的青接近，但一直维持着难以描摹的鲜艳，秋天高朗的蓝天再少污染也不能和这颜色比。

同安碉楼位于南北向村子的北端，离我的祖屋不过百步。碉楼的三面，水田环绕，遥对江嘴山，这山，坡度平缓而巨大，状如蜷伏的老虎。据村中父老称，碉楼建成后基本没有发生过大的匪患。不过，并非因为它在平畴中十分触目，十里外就能看到，对心怀不轨者具震慑力；而是因为我的村子得天独厚——位于田垌中心，被多条村庄包围，无形中成为核心。

我住在老屋的北厢房，第一年读了些励志的禁书，发奋过头，近于发疯，每天凌晨三点起床，把头浸在冰冷的井水里，再抖擞精神读《离骚》。读倦了，在窗前站立。

作者家族所居村庄的祖屋和碉楼

此时风声大作，鸡声起落，一个浓黑的巨影霍地压来，天幕随着倾斜，晶亮的北斗七星乱晃。我本能地一缩，闭上眼睛，片刻，睁眼，一切如旧。墙根下的蟋蟀约齐了，没命地叫。我再走近窗子，仰头，原来是碉楼！我苦笑着扬手，喂，你干嘛吓唬我？碉楼报以沉默。幻觉过去，碉楼站稳了，两条棱线被星光衬托着，笔直地切割一方天空。曙色初露，把八字形楼顶染为银色。这就是从现实抽离的碉楼。

我下乡在深秋，转眼便是冬天。农闲时节，青年人多半进山打柴，这可是比农活苦累许多倍的超级刑罚。我这文弱书生，暂时获得豁免。和我一样，被村人暗里讥笑为“读坏诗书穿坏鞋”的前中学生，还有两位，Y和G。他们和我年龄相仿，Y在学校，是造反派的副司令，G沉默寡言。我和Y就“文革”以后的天下大势发议论时，十分需要这样忠实的听众。Y和G家里人口都多，难以在老屋容身，便搬进碉楼。最先，碉楼里头住的是希坤伯的两个儿子，他们怕冷清，便尽量网罗村里的后生。

于是，碉楼成了单身汉的集体宿舍。以抠门著称的希坤婶，宁可在墟镇卖柴草时把瓦片藏进里头以增加重量，却不愿收租金。这么大方，是因为居住条件简陋之极，不好意思。后来，因为出入碉楼的人多，希坤婶怕麻烦，干脆不上锁。

在Y和G多番力邀之后，我舍弃家里带书桌和大床的厢房，抱上一床最破旧的被盖，走进碉楼。地下是仓库，希坤家从生产队领来的稻草，从地下密密实实地堆到天花板，只在靠墙处留一条半尺宽的通道。那时身量窄瘦，用劲挤能过去，满身沾着长长短短的草梗。我这才明白，为什么夜晚上碉楼，绝对禁止划火柴。扶着长满铁锈的栏杆，到二楼，依然是稻草的世界，但没那么满了，碎梗遍地，那是鼠辈磨练牙齿的结果。三楼空荡荡的。四楼到六楼，每层都是用床板或者竹子搭建的通铺。墙角一个加盖的木桶，供撒夜尿。我在第六层找到床位。这里不但最高，而且有一张脱光了漆的杉木桌，从前似乎是北帝庙的供桌。我每晚入睡前，都在桌上摊开日记本，写上几行。初恋正如火如荼地进行，浪漫情事多出以俄文单词，以防室友偷看。Y在我的影响下，也写日记，开始时每天三到五行，以后，在日期下，都以“无事”二字作交代。生产队的农活诚然累人，但单调透顶，描述为“无事”错不到哪里去。

半年以后，我和Y、G再也不好意思逃避，加入打柴大军。进深山打柴，才是村人真正的收入来源，不然，靠大寨式工分，只好吃西北风。凌晨三点，我和伙伴们起劲地揉揉眼睛，深一脚浅一脚地下楼，回家拿扁担、绳子、镰刀和午饭袋子，熹微星光下，骑着单车上路。踏上归途已是黄昏，晚间，Y、G和我三个打柴总是殿后的窝囊废，好不容易才把极度酸乏的腿搬上六楼，瘫倒在板床上，无法动弹，半夜还被肿胀的肩膀疼醒。形成鲜明对照的是，同样是进山打柴，村里的一伙没事一般，把柴担卸下（如果明天是墟期，又打算把柴草卖给别村的瓦窑的话，则把一半柴捆子泡在池塘里，作为柴担的“芯”，以增加重量），然后，拿上刚才用于挑担子的披肩布，到江嘴山下的小溪去泡半晌。入夜，繁星满天，一支G调竹笛在碉楼的第五层响起，悠远，浏亮，一曲广东音乐《平湖秋月》，稍嫌滑音过多，有如泥鳅在耳朵进出。Y嘟囔一句：“妈的，吵死人！”翻过身，又入睡。笛子演奏家结束了四年打柴生涯，被招进县的毛泽东思想宣传队，在各处舞台表演，独奏曲改为《不忘阶级苦》，那是后话。

在这段身躯受苦而灵魂饥渴的岁月，中夜触及心事，难以入眠，八仙桌前支颐默想，日记本给推到桌角，懒得写了，比爱情更加急迫的生活已把浪漫铲除，而愤世嫉俗的字句是要招牢狱之灾的。从窄小的窗口张望，月光绰约，包括二十条巷子、数百人口的村庄蜷伏着，瓦楞有如大鲩鱼的完整骨架。烟囱兀然，一如满心的不甘。旋即自责：不甘什么？身边打着均匀呼噜的伙伴，村里饥寒交迫的公社社员，哪一个不这样？次日早上，生产队长敲响破锣催我们出勤，我是断断迈不出门了，腿和肩膀的痛，这阵子才来算总账。

好在，赤贫、枯燥的日子，不是没有调剂。宵夜无疑是最实惠的消遣。那一群把柴草卖给瓦窑的伙伴，从小镇的集市回来，口袋里多了几张纸币。来路正规的部分，须上交给家长，拿来买食盐酱油并给弟妹交学费和买文具；还有来路不正的部分，一是靠增重——裹在里层的柴捆子是泡足了池塘水的；另一是同村的卖柴人串通起来，制造混乱，一担柴草卖两三次。忽然成为有钱人的后生，豪爽地请客，从村南头的供销社小卖部买来不凭证的午餐肉罐头，还有大头菜和咸鱼，番薯酿的酒是少不了的。大白菜和芥蓝，是从自留地拔的。宵夜当然不能在碉楼里做，但可以把在家做好的饭菜搬来，一来避开家长的唠叨，二来可以发酒疯。

我和Y及G，不属于这个团体，因为不够格，连打下的柴也没勇气和体力挑进小镇去，因为缺乏骗机警非常的瓦窑收购员的专业技术。可是，大伙务必拉我们加入，所持的是乡村有史以来对付饥饿和不速之客的理论："多个人不就是多双筷子？"有一次，筹划宵夜时，有人带来极稀罕的腊肉，大家在兴奋之余，想不起哪家的菜地长着肥美的雪豆。"大头方的地上有的是！"和大头方打过架的阿群出主意。随即，一群小伙子打起手电，闹哄哄下楼去。不久，通铺上摆出的热气腾腾的宵夜中，翠生生的雪豆夹着油水汪汪的几片腊肉。可惜，大头方次日发现失窃，报告了公社保卫组，侦查员下来，不消一个小时，就凭垄间的木屐印破了案。阿群包揽下全部罪名，被关了三天。

我吃过许多顿宵夜以后，终于想起反馈的手段——

讲古。宵夜之后，或者在因农忙、雨天、台风天而不能进山，断了财路，不得不戒掉宵夜的夜晚，我成了碉楼的主角，各层的住客都在第六层的通铺挤着，迟来的在地上放一个稻草捆，权当“懒佬椅”。我站在八仙桌前，每晚都说《聊斋》。一本被我从家里金山箱底层翻出的线装书，里面的故事，足够讲一年半载。我要做的，是黄昏前打开书细细研读，选出一两个。

《画皮》中的一段：“蹑迹而窗窥之，见一狞鬼，面翠色，齿巉巉如锯，铺人皮于榻上，执彩笔而绘之。已而掷笔，举皮如振衣状，披于身，遂化为女子。”我翻译为大白话。说到节骨眼，声音越来越小，狰狞的手势被大号煤油灯映在白灰剥落的墙壁上。我竭力描摹人皮上的画面，以之反衬妖怪的恐怖。听众的背脊发凉，冷汗源源而出。狞鬼把画皮穿上的一刻，窗口刮入怪风，呼地吹熄煤油灯。“鬼来了！”我发出阴森的断喝，大家慌忙跳起，要跑下楼去。我一边划火柴点灯，一边笑痛了肚皮。大伙骂咧咧地捶我的肩膀，坐回原位，继续啊！还讲了《山魈》《婴宁》《尸变》《王六郎》《林四娘》《木匠》，未必每篇都出彩，较能讨好的是狐仙一类。《狐妾》里的那位，又侠义又通达，无所不能，一眨眼就整出三十席山珍海味，饥肠辘辘的听众们流出口水。

碉楼住客，清一色二十郎当岁的处男，别说同性恋，连异性恋也只有我开了头，可是偶然也有说不出口的“风流韵事”，因为名叫康的外村人的缘故。康住在我们常去打柴的大牛山的另一侧，是Y的同学。学校造反时，是红旗派司令Y麾下的秀才，离开学校后和Y保持友谊，一个月中总要骑二十多里路的单车，到我村来一两次。夜晚和我们挤通铺。一字儿排开的五六个人，冬天盖的被子，要么重叠要么混搭。与康“共枕”的并不固定，康高兴和谁就和谁。那是需要抱团儿的严冬，谁都巴望挤得密实。有一天早上，Y送走了康，回头打几个呵欠，笑着骂：“妈的，这家伙，整整一晚抱着我，推开他，过一会又贴近，抱得更紧，我没怎么睡过。”话头一开，三个人应和，就是就是，这家伙趁你熟睡，就好这一口。Y问：“干嘛从来没听说过？”几个“受害者”嘻嘻笑着，不好意思地低下头。我明白他们的潜台词：把康的躯体想象为温软的异性，是唯一的艳福。

那一年夏天，我和家小移民出国。这一于家族意义极重大的事体，乡间称“出脚”，有若干忌讳，其中一条是“忌晨光”——离开家门时不能看到太阳。于是，在父亲郑重的安排下，子夜时分打开坤甸木做的大门，静悄悄地上路。背后，是碉楼黑魆魆的影子。它如此稳重，自此成为游子乡梦里的靠山。

眉公外传

稍涉猎过明人小品，大概没有不知道陈继儒的。这位明末的名士，别号眉公，工诗文，还善书法。他的小品《游桃花记》《〈花史〉跋》和《酒颠小序》至今仍入许多选本。他的一生真够复杂，二十九岁那年，一把火烧掉儒衣冠，到昆山当隐士去。后来耐不住寂寞，又与权贵豪门多所交往，被人讥为“翩然一只云间鹤，飞来飞去宰相衙”。

我所认识的眉公，当然是另一位。他是我的本家。在刘姓宗族，男人成家后所取的字，祖上是有规矩传下来的，按辈分从以下对联中取一字嵌入：“学维希孔孟，道德永嘉崇。”眉公和我祖父同属“孔”字辈，他的字是“孔眉”。鉴于他教了一辈子书，从1949年前的“蒙馆”教到1949年后的小学，算得德高望重，于是乡人们，不管男女老少都称他为“眉公”。

我头一回认识眉公，遭了一个下马威。那时我当知青，进山打柴，一趟下来人几乎散了架。黄昏，一瘸一瘸地走过村前的青石板路，到村南端的小卖部去打四两双蒸米酒，一半拿来喝，一半拿来搓肿痛的肩膀。从小卖部走出，住在对面村子的眉公迎面而来。他年过六旬，穿一身黑色府绸唐衫，裤管用水草扎着，足蹬黑布鞋，活像走江湖卖艺的武师。那只乡下人家必备的篾制“趁墟篮”，不像村人一般提在手里，而是穿过右肩膀，两只手背在微驼的背部，圆筒形的篮子便像驼峰，在稻浪夹着的小路上一颠一颠，很是滑稽。

他一路走来，吟哦不断。小卖部里头，坐着好些父老。他对我说：“不用问你是下放来的学生哥了，考考古文，赢了，请你喝五加皮，一斤！绝不反悔。”那阵子，我哪有心情应战？父老们却起哄：“来，怕什么！”我的好胜心给鼓起来，站定，没答话，但蛮有自信地盯着他抖动着的花白胡子。他干咳一声，说：“好。”用带着“唐音八声”的乡音，抑扬有致地背诵：

异哉！初淅沥以萧飒，忽奔腾而砰湃，如波涛夜惊，风雨骤至。其触于物也，鏦鏦铮铮，金铁皆鸣；又如赴敌之兵，衔枚疾走，不闻号令，但闻人马之行声。

吟罢，他从柜台上抓来一张包货物用的草纸，向店员借来笔，向我面前一推，意思是：看你了。我下乡以来，好歹啃了几本古书，背过《离骚》，自以为有把握，这一段的大意是明白的，但好些词捉摸不准，便装出不屑于理会的姿态，说：“我要回去做饭，改日奉陪老前辈如何？”“我早晓得你对付不来！”眉公大笑，众父老也笑，一位也曾当过教员的叔公说，出的题刁了点。眉公反驳说：“在《古文观止》里，读过没有？”

我狼狈地逃回家，拼着不睡觉，把《古文观止》查了遍，原来出自欧阳修的《秋声赋》。赶紧背熟，决心下次见到眉公，不但写给他看，还要请君入瓮，朗诵一段《吊古战场文》，要他写出来，那么多生僻字，谅他也不得不露点儿丑。

可是，下一回见到他时，完全没有这等闲情。因为我的祖母患上心肌梗塞，遽尔逝去。祖父痛不欲生。全家忙着办丧事的当口，眉公支着拐杖，老成持重地上门来。他与祖父很熟，年纪也相仿，但来往不多。他坐定，安慰了一番呆坐无言的祖父。随后，谈起挽联来。

“孔巨兄，我拟定了，不知中意不中意？”

祖父哪有心情听这些？没有回应。

我为了照看祖父，呆在房内。眉公转过头，和我侃侃谈来。他从唐衫的大口袋里掏出一沓旧报纸，上面用墨水写满了字。字是颜体，相当妩媚，却嫌俗气。

“看这对：‘气谊洽醇醪忍使衰年悲北海，恩勤铭积悃不胜儿辈恸西洲’——期服夫刘孔巨拭泪鞠躬。这是替你父亲写的：‘陟彼屺兮，瞻望母兮’。从《诗经》

的《魏风》搬来的，下首署‘哀子××泣血稽颡’。怎么样？挽联就该写得典雅，能用典就用典。惯常所见，挽联老是‘绿水青山谁作主，落花啼鸟总伤神’，滥俗不堪，不足取法。”

祖母故去，我沉浸在悲伤中，没听得进，只“唔唔”应付着。不料他来了劲儿，朗声吟咏，什么“萱堂遗荫”，什么“婺宿西沉”，什么“彤管流芳”，也不知是他自撰的，还是从《对联汇海》中抄的？想起鲁迅的话：“挽联做得好，也不过挽联做得好而已。”他如此陶醉，人死了，正好给了他施展才华的机会。我说祖父要休息，连扯带劝，把他请走了。

眉公不就此罢休，祖母出殡前几天，天天上门。我渐渐看出门道，他尽管有的是堂皇的借口，不是把定了稿的挽联拿来过目，就是装模作样地教“行七”的仪式。登门都选准时间——我家屋顶的烟囱飘起炊烟那一刻，从对面的村子，越过一个小田垌，进门，喝过一碗茶，恰是开饭的时间。父亲问他：“顺便用点便饭如何？”一般人知道这是虚礼，眉公不然，连说“好好”，在八仙桌前潇洒落座，一气吃它三大碗。那阵子谁家的粮食都不够，我家还算殷实，父亲和我常常骑单车跑百里来回去买“黑市”谷子。他来吃的次数多，母亲便说起闲话来。

事后我跟祖父谈起，祖父说，眉公这人呀，贪便宜早出名啰。我们刘家同宗的，每年到山坳那边给“二世祖”

扫墓。因为祖上留下产业在香港，每个月收到租金，给参加扫墓的宗亲发得出酬劳金，不过只限男丁，按人头，每人一块双毫。那时一块双毫能买一大篮子肉和菜呢！眉公带上三个儿子，大的才四岁，小的刚戒奶，他用背带背一个，一只手里抱一个，另一只手牵一个。山路远且崎岖，孩子走累了哭哭啼啼，他一路连哄带打，就为了赚多两块双毫。

从此，我对眉公的性格很感兴趣，不时向乡亲打听。原来，他的行谊已进入本土的歇后语。一曰“眉公改卷”，说他年轻时，在私塾教“天地玄黄，宇宙洪荒”那阵子，学期末考试结束，他把学生的成绩名次写在一张红纸上，贴在馆门外。才一天，刮风下雨，榜子脱落，字迹被雨水打湿，一片模糊。他只好另写一张贴出。莘莘学子鼓噪，说前后两榜的名次完全两样，于是揭出真相：眉公从不批改卷子，他信天命，说老天爷给的名次最有权威。每一次，都趁旁边没人，合掌喃喃祝祷过，把所有卷子朝天一撒，再一一拾起，落在最远处的为第一名，最近的那张排最末。本来也蒙混得过去，可惜他太懒，一点记录也没留，第二次放榜，只好面壁捏造，所以出了两个版本。于是乎，这一歇后语的后半是——“瞎编”。

另一个歇后语，叫“眉公写信”。我的家乡，出洋谋生者众多。眉公是乡人心目中的文豪，常常代人写信，每封收取酬金一角到三角。按惯例，他听过顾客诉述后，

民国乡塾旧址

把底稿写好，要读给顾客听，意思圆满了，再誊清。其中一位妇人，丈夫在美国，她请眉公写好了信，付邮前不放心，另找人把信念了一遍，念到最后，竟有一句“又及：眉公为人和善，有求必应，请你千万给他寄点买烟钱”。原来眉公欺人家不识字，每封信加上这么一句，好弄到外快。这回马脚露了，从此有这一条，它的下半是——“揩油”。

乡人吃眉公的亏多了，在口碑之外，还小施手段，让他吃点苦头。有一次，眉公到别村去串门，正是炎夏，村人爱熬点糖粥，夜里纳凉时吃。其中一家境况好些，每个晚上都熬一锅，眉公得悉，入夜时分，总去那里“聊天”，粘在巷口的躺椅上，非到人家揭锅，请他吃了才肯走。主人不高兴了，碍着“读书人”的面子，不好明撵，一天晚上，照常在灶间生火，把一个瓦锅烧得咕噜咕噜的，蒸汽直冒。眉公不知咽下多少口水，总不见热气腾腾的糖粥端上来。最后忍不住，把话题引到“消暑美食”上。主人看已过午夜，捉弄得够久了，带他到灶前去，说：“真抱歉，今晚熬的是水。”眉公不敢声张，灰溜溜回家去，过了一个饥肠辘辘的夜晚。

还有一桩，眉公的邻村，好几户人家靠打鱼为生。他们到别村去，在池塘下拖网，捉到的鱼与主人按三七分账，所以家里断不了鱼虾。那些当家男人豪爽，晚间聚谈过便凑菜凑米煮夜宵。眉公鼻子灵，嗅到香味，上门去。所用的策略，与在我祖母故世后所用的一套手段雷同，也果然蹭到便宜。久了，那群人一肚子气，不好意思逐客，便用了点计谋。他们晓得眉公最爱吃鲩鱼的肚子，便拣了一尾最大的，破膛取出肚子，往里头塞进大把生盐粒，再缝上。夜晚，不速之客驾到，开饭时看到白晃晃的鱼肚，又大又鼓，迫不及待举筷子叉上，送进口里，马上“吐吐”不停。大家哈哈大笑，他狼狈离席，到池塘边漱口去。

眉公吃够哑巴亏，馋性却一点也改不来。以后，专拣性子和善，或者碍于面子不好说话的人下手。我祖父退休以后，住在小镇的铺子里。有一回，我约了几位远地来的朋友，在铺子里聚会。为了打牙祭，预先买了好些算得稀罕的食物，放在厨房。不巧大早眉公趁墟，顺便来跟祖父拉呱，架子上的鸡呀鱼呀肉呀竟让他侦察到。他佯装不知，先去茶楼坐到近午，算定午饭将开，才来敲门。我早讨厌透了，叫祖父别开。祖父撕不破脸皮，让他进来。

眉公嬉皮笑脸地踱进厨房，用力吸吸鼻子，欢天喜地："啊哈，来得早不如来得巧。"祖父向他摆摆手，又指指我。他明白，这阵子，我是主人，便来套近乎："大侄子，早知道你爱读书，今天和你煮酒谈诗如何？"我正色道："眉公，你来吃饭，本来不该计较，只是今天我约了朋友，好多事要谈，下次吧！"

"哦，'花径不曾缘客扫，蓬门今始为君开'。好极好极。那我就和孔巨兄另坐一处，你们谈你们的，我们老头子说说体己话。"铺子地方小，够摆一张八仙桌。没办法，只好让他加入。朋友们来了，见到这么一个毫不讲礼让、埋头狼吞虎咽的老头，都暗暗惊异，但不好说什么。我的怒气未消，不时冷嘲热讽。不管我怎么刺，只要他口里嚼着草菇蒸鸡和红烧鳙鱼，脾气就好得无以复加。我说："你妈的眉公，这辈子吃的便宜饭，折下来该买百顷良田了。"

"哎，我平生潦倒穷愁，不值一提。说起百顷良田嘛，你祖父和父亲才是人物……"这马屁拍得祖父直点头，和眉公碰了杯，灌下小杯玉冰烧，也叹一句："流水落花春去也，天上人间。"酒至半酣，眉公益发肆无忌惮，指着我的一位朋友说：“我说实话，别介意。你的相貌比起我的侄子嘛，就差点，他好就好在眉毛，运走到眉上必定大发，诸位拭目以待！”明火执仗的拍马，教我噗哧一声笑起来，心里骂道：老家伙，什么下贱的事都做得！一个本来极有兴味的饭局，被他捣得七零八落。好在他知趣，过了半个小时，打一个响亮的饱嗝，吟一句：“我醉欲眠卿且去，明朝有意抱琴来。”摇摇晃晃地走了，我连忙给他递过拐杖，如释重负，与友人的“大食会”，这才开始。自此，我也效法那些敢于说不的乡亲，让他吃了好几回闭门羹。

我对眉公讨厌归讨厌，在没有多少读书气氛的乡间，他的博闻强记还是教我生出敬意，暗想：人家读书硬是多！要是谈话对手有点“文化水儿”，他左一句《史记》，右一句《通鉴》，开场来段李白的《与韩荆州书》，一句“生不愿封万户侯，但愿一识韩荆州”，把人抬到云端。一旦聊得不痛快，抬起杠来，他转过身去，背手仰天，甩一句：“子曰：不可与言而与之言，失言。”口若悬河的气派唬得我一愣一愣的。有一次给他考得出了洋相，羞惭之余，文不对题地问他的藏书在哪，能不能借，他效法苏东坡，从从容容地指指自家并不伟大的肚皮。

对他的迷信，维持到看到他的“作品”便结束。那时候，各村在池塘上和道路旁建厕所，以广积有机肥。不知是生产队长频顾其庐请动了文曲星，还是他自告奋勇。反正一时间四乡路旁和池塘新建厕所的外墙上，都有了一首绝句，字迹不难认出，是眉公的颜体楷书，比写在旧报纸上的挽联，更见透骨的媚。有一首是：“男女急时须入此，出门松了又快意；一瓢二杓感谢你，粮食丰收靠积肥。”不能说它不切题，也富于“时代气息”，但和古人的“厕所诗”，例如程师孟那句“每日更忙须一到，夜深长是点灯来”，境界上不可同日而语。

1980年我移民美国前，在村前的大路旁遇到他。他年近八十，不复当年串村过巷求醉饱的豪气，步履迟缓，但眼神仍旧机警。早听乡人说，他平生引为得意的，除了博览群书，便是所养的五个儿子，老大官至某县委副书记不说，老大老二老三老四娶媳妇，他都没花过一个子儿，只从生产队拿来写大标语剩下的红纸，写了一个大的“喜”字贴在门楣上；一对“好男好女好婚姻，新人新事新气象”的对联，贴在坤甸大门两边。喜联的文采不如他制的挽联，但那是“无产阶级实行全面专政”的非常时期，他的儿子媳妇们都吃公家饭，他才不去犯时忌呢！我和他打招呼，他全忘了过去的不愉快，拉着我，兴奋地陈述最近的“优胜记略”：幺儿也结了婚，岳家全在美国，两口子快出国啦！嘻嘻，哪想到我家也有一天发洋财呢，邓公的领导硬是英明！看他得意洋洋的模样，我想起关于他写信的歇后语。分手前，我问：“新近可有大作？”他搓搓手，沉吟一下，说，想好了两句，想歌颂歌颂大好形势，也就是古时的台阁体，暂时只凑了两句。尽管吟哦一如既往地抑扬，但听来不甚流畅，也许不合音律吧？我不好泼冷水，只默默看，他张得大大、粒齿无存的嘴巴，含混而倔强地开阖着，使我想到他先前饕餮的姿态。然后，目送龙钟的背影，缓缓消失在青砖屋旁的夹竹桃丛尽头，想得很远。

眉公几乎与二十世纪同龄。乡村的小知识分子，境遇一直不如意，中年以前在私塾执教，脱不了贫贱；1949年后，当了十来年公办教师，又遇上三年经济困难，随之而来是精简下放。他之所以最先被裁掉，倒不是到了退下来的年龄，是因他的全副本事，无非摇头晃脑地吟哦“上大人孔乙己化三千七十士”，与新时代格格不入。他回乡务农，手无缚鸡之力，却要和多病的妻子一起，抚养半大不小的一群孩子，家计的捉襟见肘可以想见。饥馑年月，蹭饭，怕是唯一能满足口腹之欲的门道。“四人帮”垮台后，他四出走访，要求政府落实政策，使他恢复“人民教师”的待遇，好领上退休金，但是人微言轻，哪一级机关，对“且夫呜呼”满纸的“自诉状”都不在意。后来几个儿子相继发迹，却为时太晚，老头子沾不了多少光。如今他该早已物故，留在乡间的，除了山岗上的坟头，怕就是那两个歇后语，也亏得这，使他没有让乡亲遗忘。

严冬的乡村小店

那些年，村里有一个公社级供销社开的小卖部，乡人称它“鬼仔店”。语气半是无奈，仅此一家，商业行为谁也不准染指；半带着抗议，独家生意，想怎么宰都行。不过，它做买卖中规中矩，并非《水浒》里头孙二娘在孟州道十字坡开的人肉馒头店。

小卖部位于村庄南端的侧面，对面是稻田。它连招牌也没有。哪里用得着？不知道它的就不是本地人。原先是小农舍。乡村房屋，传统上分两大类，一是中间为大厅加天井，两翼为卧室加厨房的大屋；一是面积不及大屋三分之一的“小户”。小卖部占了两栋相连的小户，靠西一栋为仓库、职工宿舍和厨房，靠东一栋为门市部。

门市部有一柜台，货物散放于货架，挂于墙壁，置于地面。要问卖什么？农家有的不卖，如蔬菜；其他如熟烟、酒、醋、糖、火柴、香烟、针头线脑、手电筒、电池、作业簿、各种笔、点水烟筒专用的“大香”……日常生活必需的差不多都有。凭票的猪肉、腊肉、肥皂之类，有时候也能买到。

售货员两名，中年男性，一个叫黄攀，一个叫李寻。我认识他们比绝大多数村民早。1957年以前，我家在小镇开文具纸料店，公私合营高潮中，小商和小贩一锅烩，都进供销系统属下的合作社当店员。黄攀从前是挑货郎担穿村过巷叫卖的，李寻也是小贩，但名气之大，黄攀压根儿不能比。全公社三四万男女老幼，很少人不晓得“卤味寻”，他每天在镇里头挑着热气腾腾的担子转悠，卖卤牛膜、萝卜和猪头肉。1957年起，李寻和我祖父、祖母一起成为镇供销社的同事。小镇原来有上百家商铺，“改造”之后，同类合并，减少了十分之七八，过剩的人员便分拨到远近乡村的小卖部去。事隔近五十年，这个名不见经传

小镇商店

的小店早已被人淡忘，我每到冬天却常常想起它。彼时乡村，没有哪个所在，比它更有烟火气了。

冬天的乡村，除了异想天开的公社书记鼓捣“农闲不闲”的玩意，如在肥沃的田垌中掘一条“排洪河”，使得每一次大雨后，下游的村子与稻田被淹没的速度加快三倍之外，农活有限。当然，他们要是无所事事，直接的危险就是吃穿都没着落，除了那些不靠“死工分”而有外汇可接的侨眷。白天，女的莳弄自留地上的“菜耳”和豌豆，男的上山打柴。到了夜晚，户外北风呼吼，飘着细雨。串门的女人，爱在灶旁边的稻草堆蜷着，旁边刚刚煮完猪食的土灶散发余温，身下的稻草和身体接触久了，也成了暖窝。无论大人小孩，此刻最向往的，是灶膛上有一瓦煲腊味饭，然而谁有富余的米和肉票？白天两顿掺上大量豆角叶的稀粥加番薯下肚，此刻只好耐心听肠子的辘辘声。嫌待在家无聊的男人们，把手伸进带破洞的棉衣的袖筒，嘴里哈出热气，从各条巷子踱出，到了风口处低下头，往南头走去。

小卖部的门须用劲推。里面，一盏汽灯给不大的屋子投下黄里带白的强光。谁进来都轻叹一声：“喔，有点热呢！”这里没有任何取暖设备。汽灯诚然供应些许热量，但主要的，是人体的温度。人太多了！柜台以外，挤满靠墙的两张长凳不说，靠墙站的，靠柜台站的，坐地上的，还有坐货架乃至盛咸菜瓦缸边沿的。清一色的男人，烟气和经年不洗的棉衣的汗酸气，熏得人差点睁不开眼。久了就惯了。

人声嗡嗡，一色乡音。“卤味寻”的嗓子最容易辨认，以尖厉和悠长驰名四乡，早在“单干”的年代，他全靠这嗓子干营生。我小时候，从午间起到夜晚十点前，“最好吃，最够味卤味……来……咧……”尾音如长蛇，当“卤味寻”把炉火熊熊的担子搁在“步月桥”畔的空场之际，夭矫地抖动，一伸一缩地溜过河对岸的街道，哪怕旁边就是敲锣打鼓的卖艺档，撕破喉咙叫卖“陈泰山跌打丸”，也盖不住它。随即，人不约而同地走向寻记的档口。

“卤味！”有人进门，要卖一盒一角五分的“鹿”牌烟丝，正在讲“伦文叙三戏柳先开”的李寻停下来，拿烟，收钱。买了烟的村人并不离开，在密匝匝的大腿中间用力推挤，占一个位置。等了片刻，轮到抽水烟筒。他用右手掌肉厚处压住烟筒的边旋一圈，此举含“把上一个的口水抹掉”的意味，但是徒劳。李寻继续讲古，这一回是“卖油郎独占花魁”。讲完，并没有冷场，有人向李寻求证：“寻叔，你村的人说你小时候叫厚德，为何改名？”

李寻对如此“起底”并不反感，清清嗓门，有点得意地解释：“不错，寻记是我卖卤味时改的，客人‘食过返寻味’，就这个意思。”我当场为他作证：寻记当年的卤萝卜，大如小孩子的拳头，一块才一分钱，蘸上黄澄澄的芥辣，塞进嘴里，辣气沿鼻腔钻上眉心，那个过瘾！如果有五分钱，能买到一块卤猪肝，和萝卜串在竹枝上，教一起上学的伙伴眼红得要死。我没说完，有人抗议：“哎呀，饿成这样，还逗馋虫出来！”几个人夸张地咽口水。

“卤味，听说你老婆让人喝过尿？”有人还要寻李寻的开心。我知道李寻的底线，取笑他老婆他不介意，但不能牵扯到他的两个儿女，一男一女，都二十上下了，全是领养的。因为李寻“不行”，老婆至今是处女。

李寻凑近汽灯，打开烟盒，卷了一支“小喇叭”，点着，吧吧抽了两口，说：“那是活该，哈哈！是有这么一回事，两个恩平佬，趁水步墟期摆摊卖粽叶，骑单车来到我家，天没亮。他们在我家煮早饭。我家的尿缸和水缸是并排的，过去一直是尿缸在左水缸在右。那一次，老婆将两个缸调换了位置，他们不知道，往饭锅里舀了尿，待到粥做好，才闻到异味，倒掉了，我家的猪崽吃个饱。”大家轰地笑起来。

李寻的搭档黄攀，平日负责去镇上供销社的仓库提货，推着平板车，一天跑一两趟，一共才走十里八里路，但自恃劳苦功高，夜里不是回家就是躲进宿舍睡觉。所以，夜晚由李寻包揽。李寻每月有四天假，回家看孩子和以糊涂著名的老婆。这些日子，黄攀得值夜班。黄攀不善言谈，坐在柜台后的竹椅上，眼巴巴地看窗子外的疏星，少人发声，水烟筒的咚咚格外响亮。

李寻不在，村里三位元老级人物成为中心：五十多岁的阿全，六十上下的阿盛，六十五岁的阿西。阿全和阿盛是兄弟。如按族谱，男性取字的序列，为“学维希孔孟，道德永嘉崇”。他们的“字”均带孟——孟琼和孟进，与我父亲同辈；阿西的字带孔，叫孔为，和我祖父同辈。但除了记分员能够清楚地写下他们的名讳，村人对阿全阿盛兄弟只呼花名：阿全是“滑围”（因他的牙齿差不多掉光，说话一多就口水横流，一如从堤上漫流的洪水），阿盛叫“眼仔”（因他的眼睛奇小，只有两条缝）。阿西的花名不好当面叫，不是因为他德高望重，而是怕他要手段整人——“剃头刀”（他爱说所有人的坏话，一如理发匠那把剃人无数的刀子）。

那天是冬至，夜晚最长，遗憾的是大多数村人没吃到传统上非吃不可的糯米汤圆，只能凑合着吃“木薯圆子”，原料是木薯干磨成的粉，不像米粉那么滑腻，嚼起来有渣。肉自然很少，好在萝卜是从自留地拔的。吃过木薯圆子的男人们，装模作样地咬着一根权充牙签的火柴棒，聚在小卖部。李寻回家去了，他是能够吃到正宗汤圆的，人家有工资领，而肉，是从小卖部“买”的。黄攀坐镇。

“滑围”是主讲者，但故事是和他家对门的青年人半开玩笑地迫他说的：为什么他五十好几还添了个儿子。他三个儿女都十多岁以上，二十多岁的长女早已出嫁。按乡村的不成文规矩，这么老还有“那回事”是天大的“不正经”。

“滑围”抽足了自家栽的烟叶做的“生切”，又青涩又浓烈的烟味把从部队退伍不久的阿罩熏得逃到门外暂避。在水烟筒咚咚的微响中，“滑围”老实地交代：

“今年快过年那阵，家里的米缸有了二十斤新米，是老婆从阳江弄来的。半夜我实在太饿，翻来翻去睡不着。（为了报复他吸的烟，阿罩问：‘你的衣服是不是被口水湿了？’‘滑围’不答。）我就偷偷爬起来，揭开米缸盖子，舀了一升米，溜到厨房，轻轻关上房门，生火做饭。没有菜，好在有盐。做好饭，老婆推门出来。我给吓得不轻，她却没骂我，打个呵欠，盯着冒热气的白米饭。我给她筷子，两个人头碰头地吃同一个饭钵。米饭一下子吃完，锅巴太他妈的香！泡上开水，还是和她吃。吃完了，她居然让我……哎呀，没办这事少说十年。就那一回，有了，还是小子，嘻嘻……”

年轻人想追出更“黄色”的细节，但对“剃头刀”有所顾忌，不敢乱来。在场者不失厚道，没有揭“滑围”家的疮疤。这对夫妻的纠葛并不简单，老婆比他小十二岁，去年夫妻拆了伙，老婆没办离婚手续，嫁往阳江去，半年以后手上多了一块亮晃晃的上海牌手表，回到村里。村人称她此举是“放白鸽”，纯粹骗钱。这事见不得人，大家当然不提。他们做爱，是重归于好以后的事。

一个下雨的冬夜，我走进小卖部买香烟，已过九点，人走了一半。“眼仔”在说“艳闻”：

“镇里的林医生大家都熟悉，他资格算最老的了。有一回，一个四十来岁的女人走进他的诊所，林医生问她哪里不舒服。她说肚子痛死了。林医生看她脸色蜡黄，口气奇臭，拿起听诊器听了肚子和心脏，把了脉，对她说：‘我怀疑……你肚子里有个死胎。’女人生气了，说：‘我老公出洋这么多年，我怎么可能有身孕？’林医生拉起她的衣服，捏了捏她的奶头，让她看手指，这是什么？是奶水！还不承认？再拖下去就没命！那女人大哭大闹，说医生调戏良家妇女。林医生气死了，把她赶走。她回村，十天以后死去。”

他说得有板有眼，旁边有人悄声补充：女人就是邻村的某某，奸夫就是镇里的牙医某某。这一故事，引起我漫长的思考。我所在的侨乡，多少女性因丈夫去了外国或香港，成年独居，久旷是极为严重的社会问题，可是，没有人敢正视它。“眼仔”可算“慧眼”。

“剃头刀”作为每天晚间必到场的重镇，损人从来不面对面，但不放过任何一个，我领教不止一次。他骂捉鱼的阿强是“有娘生，没爹教”，讥笑生产队的会计群伯“连加法也不会”，没来由地指控寡妇二婶偷他家的菜。他对我和几位同村的年轻人一起谈文学也甚表不满，说是“斯文败类”。这些贬损人的话，都是在小卖部公开说的，迟早有人转告当事人。每当遇到质问，他总是装傻，说："我这样说过吗？怎么可能！"于是，他往往成为屋内的众矢之的，大家和他开恶毒的玩笑，戏弄他。李寻不忍心，张大太监嗓子替他打圆场。也幸亏有这个活宝，使得小卖部"讲坛"不会冷场。"鬼仔店"的夜晚聚会，最先离开的，是明天要上二十里外的大牛山打柴的一群人，鸡叫头遍就得上路。

去国之后，我每一次回村，都不由自主地看看小卖部的旧址，在冬天最具吸引力的取暖处，早已被拆。

已老还乡（二题）

一、箕妹

午前，秋阳泛白。我站在祖屋门前。这是村子的北端，朝南，“村面”一览无余。从前，屋子和池塘之间的空地，靠屋宇一边有一条窄窄的石板路，靠池塘那一边是沙地，有生产队出钱铺的几个水泥禾塘。如今，全铺上水泥，不留空隙。乡亲说，五六年前，本村在牛脊山水库一带的田地被轻轨铁路征用，发下的补偿款，明智的村长坚决不分掉，理由是逐家逐户敲门请大家出资太难，全用来施行这一德政。走在平坦、实在的水泥地面，感觉怪怪的。记起当年骑单车，石板路上有一块格外嵯峨，许多人过不去，摔在地上。

眼前出现一位女子，她的矮小是出格的，身高不会超过小学二年级的女孩子，腰弯成煮熟的小虾的弧度，戴眼镜，一袭别致的素白裙子，颇能显出“从外面回来”这一身份。该上七十了。她向我高高地仰起皱纹密集的小小脸孔，显然，已认出我来。我勉力弯腰，看了又看，终于把她和一个遥远的影像叠合——“哦，是箕妹婶婶！”热烈地聊了一会。她告诉我，她定居香港铜锣湾，我任何时候去那边，务必赏光，上她家作客。无疑，这是得体而稳妥的“晒”。一般新移民，在香港连“劏房”（非法分割的极小房间）也未必住得起，即使有家底的老居民，也是“留饭不留宿”，哪有“在家”招待客人的底气？我问：“莉莉怎么样？”“也在香港，和我一起住。”莉莉是她的独生女，比我的儿子大三岁，小时候爱背我儿子，一起玩过家家。我以和她邀我去香港她家作客一般坚决的语气，请她来我家一道吃午饭。她说好，尾随我走了一段路，但到家门口，我回头，她不见了。

放在三十多年前，箕妹矮是矮，但有成年人的身架，何以如今整体缩小一半？我叽咕着。她是二十世纪六十年代嫁进来的。丈夫是我村的百发。百发土改那阵是剽悍的民兵队长，斗地主出手颇凶，但分到手的田地再次被收回之前，去了香港定居。十多年后，百发的老妈怕断了香烟，非要儿子回来娶媳妇。百发从命，靠媒人牵线，母亲操办，匆忙娶了箕妹。没有回村里摆酒席，在广州成的亲。不到三天，百发以“在港生意须人打理”为借口离开。不久，寡母亡故，儿子没有奔丧。从此，箕妹独居在村里一栋半旧的青砖房子。

那年代，初中毕业的箕妹颇活跃，在大队妇女主任麾下当跑腿，开会总在前排。上面来了工作队，如果需要三同户，队长爱安排去箕妹家，箕妹引为光荣。于是，她成为本村名人。那时的箕妹，不到三十岁，模样不过不失，衣服必花哨，晴天出门、出勤，必戴阔边草帽。

箕妹靠什么过日子？按本地农民一致认同的两条逻辑：生产队的工分绝对养不活她，在香港的丈夫百发定期付钱回家。但百发在香港“捞偏门”（混黑社会），也是在港的乡亲早已透露的。“百发这古惑仔，好几次参加帮派械斗，‘拉进差馆’（被捕）是家常便饭。”在九龙一家理发店当洗头工的想叔说起这个堂弟，只有摇头。百发只能在混得好，且良心发现那阵子才会周济太太。好在，侨乡妇女不管丈夫去“花旗”（美国），“红毛”（英国），“阿湾”（古巴）还是暹罗（泰国），回不回来，也不管丈夫有没有定期付来“养家银”，都摆出阔太太的架势，出门永远光鲜，娇贵。不可告人的苦楚隐藏在两个地方——饭桌和卧床。箕妹亦然，于是，村人顺水推舟，把她尊为体面的侨眷。

侨乡的男人出门谋生，远则美洲，近则港澳。我外祖父那一代，在家乡娶妻，以公鸡代替新郎拜堂。留在家乡的已婚女性，常年乃至终生独守空闺，是名副其实的活寡妇，她们的性需求、性压抑，这一类问题，从来以风化、教化、伦常为封条密闭着，然而，它总归是人生的一个核心问题。爱抛头露面的箕妹有没有做过出墙红杏？村人很少提及。只听一位年轻人怀着妒忌说起，一个大雾弥天的早晨，他出门巡田水，看到箕妹家的门不声不响地打开缝隙，她出来，四下张望，缩回去，接着，一个男人的身影闪出，据说是工作队的“同志”，从县城下来的。但从无旁证。我当时发表见解：即使是真的，也完全予以同情。

说话到了1972年初冬时节，百发突然回到村里。直到他提着皮箱，在小镇搬运站雇了一辆单车，把他送到村口，才有村人向箕妹报信。那年代，电话是极稀罕之物，不能怪他。箕妹平生第一次挺直腰杆，当名正言顺的“发嫂”。

百发生性海派，回来第二天，啸聚村里的年轻人，去县城玩。箕妹没有同行，据说她正召集村里妯娌，赶紧制作糍糕，拜祭“有灵”的列祖列宗。我也被百发请去，在巷口和他握手，这是头一次见面，叫一声“发叔”。他说有点结巴的家乡话：“叫‘发哥’好了。”他四十上下，微微发福，个头中等偏上，国字脸，五官英武，粗看似某位香港武打明星，近看皮肤松弛，眼神散乱。常年耽于酒色，饮食无定，留下明显的痕迹。发哥率领十多个年轻男女，骑自行车上路。他侧身坐在村人的单车后座，唯港客才穿得起的尼龙衬衫，前后花纹繁复；凡立丁西裤，烫褶笔直；花袜子，尖头皮鞋。一路招来好奇或艳羡的眼神。一行人在县城最有名气的燕喜酒家吃过“全鸡三味”，沿湖逛了一圈，还吃路边摊卖的柑子和甘蔗。都是发哥做东，付钱那个潇洒，足以把小青年羡慕死。他把所有年轻女性称为“靓女”，这个二三十年以后才流行的词语，闭塞的村人提前听到。同行的女孩子被她哄得心花怒放，但发哥并不存心吃豆腐。

坐在餐厅，座中一位熟悉内情的同村青年，非要发哥说说在香港的辉煌，“听说你被选为什么‘先生’……”“哈哈，是啊！”发哥把左边袖子往上扯扯，露出块头特大的镍金手表，我看不懂牌子。粗大的表带闪着金光，和手指上同色大戒指一起呈现霸气。“是一家汽水公司办的，就拿汽水做名字，有奖金呢！穿三角裤走T台，好性感，嘻嘻，第二名……喔，领奖时，师奶们在台下尖叫，刺激！”他得意地顾盼，但低头啃平日难得一尝的白切鸡的“靓女”们，只报以嘻嘻的笑，他有点失落。

发哥在忙于学大寨、又穷又忙碌的乡村待了一个多月，起初去小镇的茶楼，还替陪他来的同村乡亲埋单，后来请也不去了，可见手头愈来愈紧。但发嫂的风光并没稍减，墟期去集市采购，回家路上，菜篮的盖子下总不经意地露出一段红彤彤的绳子，那是系腊肉或腊肠的。手里还提一条扭动的生鱼，巴不得有人问价钱，甜甜地回一句：“我家阿发说要吃生鱼片卷腊肠呢……”

发哥什么时候离开村子，没人晓得。但箕妹的肚子隆起来了。记得此前一个寒风凛冽的夜晚，我去镇供销社开在村南的小卖部打酱油，碰巧发哥进来，嘴唇发青，勉力从口袋里掏出一块钱，递上空酒瓶，打了半斤米酒，外加二两虾米。小卖部的售货员是好事之徒，马上看出玄机，诡秘地眨眨眼，说：“虾米下锅炒香，‘赞’酒，趁热吃，管用。”发哥有点难为情地扫视靠着另一边墙壁的五六个老乡亲，干笑几声，没有正面回答，溜了。他前脚离开，后面响起哄笑，这些老于世故的人物岂能不明白，百发买的东西用于壮阳，而年纪轻轻，性能力“不怎么样”却被人窥破，面子有点那个。但是，老婆的肚皮争气，证明发哥雄风犹在。他们俩这辈子仅有的一段“夫妻生活”，有了结果——女儿莉莉。

几个月过去，从香港回来扫墓的几位乡亲，陆续披露百发突然回乡的原委：他所在的帮派和死对头争夺九龙一个泊车场的“睇场权”，两造头头在餐厅“讲数”（谈判），破裂之后，头头发出暗号，坐在酒吧的百发敲碎手中的啤酒瓶，拿起瓶子一头，将多角的另一头插进对头的胸脯，随即逃走。他被警方通缉，无处可藏，领了堂口发的慰劳金，回到家乡。好在他没插中对方的要害，人家后来养好伤，案件也被摆平，他才回到香港。

往后，他照老样子过活，当打手之外，还凭一张脸和还算健硕的身坯子，老千（骗子）设局骗有钱而久旷的“师奶”，聘他伪装金山阔客，色诱失婚的老板娘。他在黑道沉浮，几乎没有回去看望箕妹母女。

二十世纪九十年代初，百发有一次突然回到家乡。这回他遭了难，年轻时械斗受的伤，引起脊柱变形，行走困难，香港的公立医院束手，他回来医治。箕妹母女全力以赴，带他辗转求医，在大医院做了手术，效果不彰，最后卧床不起，两年以后，器官陆续出问题，在病房里去世，得年不到七十。

他留给妻子女儿的，除了医院的大笔医药费账单外，还有申请去香港的权利。箕妹和女儿相继得到香港居留权。听说早期箕妹当住家工，莉莉在酒楼当俗名“地哩”的传菜工，工资低微，好在莉莉继承了爸爸部分基因，外貌甜美，个子不矮，被一个包工头看上，嫁了出去，年龄差二十岁，但有了“一层楼”（港人对公寓大楼内“一个单位”的习惯性夸张）。

言归前言。尾随我一阵的箕妹消失，我回家告诉妻子，妻子说：“我去请。”过了好一会，箕妹跟着妻子来了，远看像小学生跟着老师。我在门口问她：“怎么不见人了？”她说：“想想没换衣服，还是不去好。”我细看，原来换上新裙子，颈上有金项链，手上有戒指，都闪着抢眼的光，教我想起昔年的百发，那教人眼睛发花的镀金表带。

箕妹进我家，草草吃了一点糖果，但以“刚刚放下筷子”为理由，坚决不吃午饭。她重复刚才的邀请，去香港必须去她家，“最好住几天，地方大，不委屈你们”。

很快，箕妹不见了，围着八仙桌吃饭的乡亲没有一个看到她走出去，个子小到这个田地。

我追到门外，要和箕妹说一声再见，但不见人影。

多么渴望看到莉莉，因为忘记不了这样一幕：三十八年前的1978年初秋，女儿出生，妻子在公社服装厂上班。母亲每天午后，背着孙女去镇上，让妻子喂奶。母亲此行，必有两个跟班——快六岁的儿子，和他最好的伙伴莉莉。每天同一时间，在村前的田垌上，必出现一排人影——扛着伞，以背带背孙女的母亲，蹦蹦跳跳的儿子和莉莉，笑声洒满一路。乡村最温柔的记忆在斯，连带地，我感谢箕妹。

二、德针

回到村里，和乡亲聊天，少不得一一打听熟悉的名字，特别是去国以来不时想起的那几个。乡亲们掐着指头，数说在我记忆里依然生动的古人，如贪杯的老村长阿佑，少年老成的阿样，好吃懒做的阿遥，前生产队会计的长子阿全——这唯一的算命先生。

“德针呢？”

“早去了，喝农药。”乡亲的语气淡漠。

“怎么回事？”

“天晓得，本来，日子已好过多了，女儿都已出嫁……白白吃一辈子苦。”乡亲摇头。

我当知青那年，德针是全村男人中当仁不让的硬汉。如今，村中妇女们说他死是活该，男人们多满怀同情。

德针个子小，身高不到一米六十，体重顶多一百斤，脸上多痣，眉毛歪斜且疏，牙齿不齐，笑起来像哭。他比我大十岁上下，即出生于1938年前后。那一年他才三十出头，但腰身伛偻，八字脚，走起来不大利索，望之似五十开外。“大跃进”年代，他曾被招进县煤矿当井下工，好歹算国家职工，但三年困难时期，厂矿大规模裁员，被送回乡村。几年过去，已是大龄，娶亲是头等大事，从前攒下好几百元，问题是外貌、职业、经济能力，都拿不出手。好在媒婆了得，拿着德针从前的工作证作证据，去近深山的一个村庄，以“人家可是工程师”为号召，加上不错的聘金，把一个识字极少的女子说动了，成了亲。

女子比德针小十多岁，容貌中等，块头比乃夫大得多。她进门以后发现，德针除了祖上留下的半间房子以外，并无长物，知道上了大当，摔碗碟，大闹几场。德针搬来媒婆，以比“当工程师”更雄辩的理由，说得新娘子冷静下来：你是他的人了，改嫁谁要？好歹有屋子，德针保证不亏待你，你有威风尽管向他要。

从此，她老老实实地跟他过，唯一的条件是：不吃苦。

德针一个人把苦吃光。那个年代，在没有副业，只靠耕种稻田和少量自留地的村子，要想获得起码的温饱，一如骆驼穿过针眼。唯一的活路是打柴出卖。那时，北部许多村子建了瓦窑，需要大量柴草。一百来斤柴草可卖两块多，相当于在生产队出勤一个月以上的工分值。但打柴之苦莫可名状，动不动要走二三十里，凌晨三四点出门，傍晚才回来。山路的崎岖乃至危险，单看看名字就知道几分：斗米迳（须吃一斗米做的饭才有力气走过），一字横排（山脊形状如一字，路极窄），风门坳，猛风颈。而况，山路走完还得下到谷底，那里没有路，只有六七十度的陡坡。空手走已够呛，何况肩上压着百多斤？条件稍好的，归程以单车载柴草。次一等的，推俗称"鸡公车"的独轮车来回。最苦的是从头到尾靠肩挑，这样的倒霉人物村里只一个——德针。筋骨嫩的，如我，打一天柴，趴一个星期，全身筋骨疼痛，难以成眠。久经考验的地道樵夫，一连上山三五天，算条好汉。但德针一气进山半个月，每天挑一百五十斤柴草，进村时，一拐一拐，精疲力竭。好心人劝他歇歇，他摇头。第二天凌晨，大牛山的山脊，一轮白冷的月又映出他的身影——扛两头尖的扁担，一端有一个小袋子，里面是妻子为他准备的午餐，多半连米饭也没有，只有冷番薯和芋头。这一年，山里的毛毛虫染了病毒，风来，虫子从树上被刮进溪水。樵夫啃干硬的午饭后，必喝水，便中毒，脚肿成粗大的萝卜。拖着这样的病腿，上山不误的，方圆十里内，只有德针。他以难以想象的坚韧，最大限度地诠释中国俗语：没有吃不了的苦。

我常常看到他挑着小山一般的柴草进村，都是天擦黑的时光。所有樵夫，包括最窝囊的我，都早已回到家，洗过澡，吃过晚饭。第二天，他却起得最早，为了在深山抢到好柴草的地盘。

德针的第一个孩子是女娃，为了有后，媳妇接二连三地生，总是“没带把的”。非得要个儿子，是德针夫妻唯一的共同语言。媳妇的背上一直背着没断奶的孩子，脸上布满乌云。和我一起当教师的同村人阿颖，住处离德针家近，知道德针家的底细，好几次对我叹息，德针家又断炊了，昨夜，孩子哭成一堆，他老婆和他吵到半夜，我捂紧耳朵也没用。然后，两个人掏钱，从每月25块的工资中，努力压榨出一块、五毛，送去德针家。

有一次，我和阿颖回村里。德针的长女彩霞，那年四五岁，在禾塘上跳房子，她知道我俩对他家好，爬满鼻涕痕迹的脸露出天真的笑，说：“今天爸爸生日。”我们蹲下，逗她，说说看，吃到什么好东西？她一边跑开，一边举起右手，无师自通地摆出剪子的姿势，说：“两毫子（两毛钱）猪肉！”这是我平生最早见到的“胜利”符号。我和阿颖相对默然，流了泪。

出国以后，听移民的乡亲说，德针一气生下五个女娃，终于断了“追”的念头。五个女儿，都只念完小学，其中的老三，小时感冒，高烧不退，烧坏了脑子，有点弱智，嫁给同村的老光棍。几年之后，她丈夫和父母争吵，气下不来，喝了半瓶“敌敌畏”，死了。这是我出国以后听说的同村人自杀的第一个案例。

往后，德针的女儿陆续长大，出嫁，负担越来越轻。进入二十世纪九十年代，最小的一个也出了阁。其中两个女儿嫁到富裕的顺德，家境不错，接父母去住了几次。德针的妻子终于有了笑容，她认命，喜滋滋地把一个个外孙背大。德针则打下手，帮太太带外孙。我和阿颖昔年牵挂的娃娃彩霞，远嫁东莞，女儿已上了高中。

然而，就在“这辈子最好”的境况中，德针效三女婿的死法，去了。乡亲告诉我，他一不算穷，二没有大病，三没有人过分为难。顶多是一辈子以“让他受苦”为职志的妻子，出于惯性，骂他没出息，但早已习惯成自然。

“你说说看，他有什么关坎跨不过呢？”乡亲居然问我这个毫不知情的异国归人。

我想起中国俗语“没有吃不了的苦”后的半句：“只有享不了的福。”他生下来就是“纯吃苦”的料。

花尾渡上爷孙

1971年初，我担任民办教师的乡村小学放了寒假。第二天下午，我挑着行李，和爷爷一起，先乘公共汽车，从家乡水步镇到邻县开平的新昌镇。一番折腾后，踏着从码头伸出的不足两尺宽的木板，进入花尾渡“曙光401”的二等舱。猫着腰在过道上转一圈，听从胸佩毛主席像章、表情严肃的服务员指引，找到船票上标明的舱位，把行李塞在靠船舷的木架上，舒舒坦坦地坐下来。爷爷从手提藤篮里掏出一个荷叶包，呵呵笑着：“饿了吗？来！”我的眼睛放射着饿狼似的光。爷爷拿出一张旧报纸，先细看正反两面，确定没有毛主席的照片，再铺在舱位的竹席上，报纸上放下油腻的荷叶，打开荷叶，是烧猪肉！天晓得他怎么买到的。上午在家，他匆匆忙忙地出一趟门，原来是为这。我要伸手去抓，他笑嘻嘻地说，急什么，递来牙签。烧猪的皮，通红，崩瓜溜脆，管它是肥是瘦，塞进嘴里，腮帮子鼓得像样板戏《红灯记》第一号英雄人物李玉和。爷爷慢条斯理地吃，仔细地剔干净骨头缝里的肉丝。

烧猪皮的碎屑掉在簇新唐衫的前襟上，他掏出手帕，小心擦干净。那年头，吃到烧猪肉，谈何容易。要肉票，要排队，价格也不低，一斤近两块钱，爷爷退休前的工资，每月才32块。

我吃下半斤烧猪肉后，饥火熄了，打一个长长的饱嗝，曲肱而枕。我和爷爷的舱位相连，中间的隔板拿开，就是合睡的床。舱位前搁着爷爷的灯芯绒“懒佬鞋”，叔叔去年托人捎回来的，今天才舍得穿。裤子是蓝斜纹布做的西式，带拉链和口袋。他惯常穿旧式唐衫，裤子是简陋得多的“功夫裤”，裤腰奇宽，要打上好几层褶，最后打结。为免于打喷嚏时松开，滑下，须系上皮带。从这副行头，可见爷爷为此行做了周密的准备。

爷爷一直是生意人，1949年后家里开文具店。1957年，私营商业都归了公家。从“大跃进”开始的1958年起，爷爷被调往小镇上唯一的国营药材店当抓药工，因为年轻时在县城广生堂当过四年学徒的缘故。从此每天拿着“厘戥”（一种小秤），依镇里中医师字体竭尽潦草潇洒之能事的处方，称当归、白术、甘草之类。没人来抓药，就在柜台外，用铡刀把一条条防党、北芪，一块块土茯苓、牛大力切成薄片。三伏天，他肥厚而略显歪斜的肩膀上，总少不了一条散发浓郁汗味的大毛巾。店里的活干完了，还提着竹篮子，挨家挨户收购学名为“鸡内金”的肾衣，每只两分钱。本来，他在六十岁那年就该退休。不料在满六十岁的1960年，全中国陷入大饥荒，不但领导部门没钱和闲心替普通职工办理退休，就连职工自己，也怕退休金比薪水少了四成，难以维持家计。于是两方在默契之下，拖延下来。随后就是“文革”，破“四旧”，文斗武斗，整“走资派”，全国乱糟糟的。爷爷无数次地提交申请表，供销社的领导都靠了边，没人管，又拖下来。这时奶奶还在世，她最爱唠叨的，就是爷爷“生捱死捱”，店里的活计已够繁重，三天两头还要下乡支援，爷爷是全店最老的，却因出身“商人”，比起位列“工人阶级”的年轻同事来，属于理该接受改造的贱民，挑土筑堤坝，下河挖泥，割水稻，他当仁不让地厕身其中。爷爷每次从乡村“支援”回来，累瘫了，躺着床上哼哼唧唧，奶奶边为他搽药油，边咒天咒地。

这位出生于1900年、全县最老的药材工之一，熬到七十岁生日过去，才办了退职手续。县供销社还是欺负了又老实又勤快的店员。“退”有两类，一是“退职”，按照工龄每一年发一个月的工资，他一次过拿到400多元，这笔钱要供养余生；二是“退休”，每月拿原工资的75%，直到去世。本来他可以据理力争第二类待遇的，但筋疲力尽了，再照旧上班，怕要把老命扔在那把被他的汗水擦得亮闪闪的铡刀前。

退职之后，爷爷要马上做的，是享所余极端有限的“清福”。怎么享？那时没旅游景点，别说出不了国，连到外县去一趟也要公社出具证明。离家乡120公里的广州，是他的小儿子、即我唯一的叔父及其妻子所工作和居住的地方，他们早就盼望老人家去小住。我也很想和亲叔叔见面。叔叔这些年运气也背，“文革”前任区文化馆长，芝麻绿豆大的科级，“文革”中也挨了批斗，后期被送往干校改造。1969年祖母患心肌梗塞猝然去世，叔叔在干校挨整，不敢请假奔丧。好在，1970年，他调回市区，不干文化的老本行，改在街道当党委委员，分管文教卫。由于叔叔婶婶都回到广州居住，我们才有落脚处。爷爷二十多年没去过广州，怪不得如此郑重其事。这次旅行，我的角色是老人家的保护人和照顾者。

我躺够了，咬着沾着胡椒八角一类调料香味的牙签，从床上爬起，想到舱外兜兜风。对爷爷说了，爷爷点头。抽惯了乡下人中流行的水烟筒（俗称“大碌竹”）的爷爷，从上衣口袋里掏出一个黄色烟包，是广州出产的“丰收”牌，属中档。那时我也抽烟，但不敢在老人家面前显摆。我从密排的床位中跳过，踏上漆黑的甲板，走到船头。船快要开行。一百米以外的小火轮，上方升起乌黑的烟柱。花尾渡和小火轮之间唯一的连接物——缆绳，在潭江浑浊的绿水里依然弯成一个弧度，但看得出，它已在传递小火轮拖曳的力量。我小心地站在甲板边沿，看离脚下三尺的江水。波浪不经意地拍打船体，缆绳和甲板摩擦出嘎嘎的怪声。船员在身边来来往往，多半给一个不友好的白眼，因为我挡路。我干脆走到最前头，拣离缆绳滚筒稍远的干处坐下来。码头上依然拥挤，送行的陆续离开，以赤裸裸的背脊扛麻袋的搬运工，在跳板上走最后一趟，跳板不堪重负，成了一张上下弹跳的弓弦。说话间，跳板抽离，岸上的哨子响了三声。下午二时三十分，小火轮鸣响悠长的汽笛，启航了。

我对着江景发呆。二十二岁的民办教师，心境忧郁，日记本上的第一页，抄的是李贺的诗句："我当二十不得意，一心愁谢如枯兰。"黑暗的人世，压抑的心情。我的眼神空洞，展开的波浪，重复着的白沫。啪！右肩遭到重

珠江上的花尾渡

重的一击，我慌忙回头，以为船上的治安员来驱赶。背后响起哈哈大笑。不用辨认，也知道是校友谭勋。他比我低一级，本来不熟悉，但“文革”中他和我都留在学校造反，他的嗓门我之所以马上认出，是因为每次在城里举行大游行，他是带头高呼口号和领唱《革命不怕死，怕死不革命》的中坚。我又惊又喜：“你，怎么也在这？”我拖他和我一起坐下，他掏出一个铁质烟盒，打开，是褐黑色的生切烟丝。穷小子如他和我，平日只抽得起这个。他把烟丝上的烟纸拿起，分一张给我，两人把烟丝放在长方形烟纸上，卷成喇叭状，点着，辣而冲的烟，呛得我连连咳嗽。他得意地笑了。

小火轮拽着花尾渡，离开三埠镇地界，江面开阔。两个从1968年8月黯然离开校园后没见过面的年轻人，推心置腹地谈话。经不起我的追问，他终于承认，此行是为了“顶卒”。他再三扭头，把船头的环境看了几遍，确保无人偷听，才和盘托出，用上大量暗语，我连猜带问才弄明白，他已偷渡三次，都在深圳和九龙新界之间的铁丝网下失手，这次是背水一战。途径是这样的：到广州去和策划者一起，和蛇头进行出发前最后一次接头，把钱付清。他们一行六人，男女各半，后天在中山石岐镇会合，扮成三对情侣，骑单车到东莞，登上“木屐”（即小篷船），开往澳门。他拧着眉头，语气沉重，生死荣枯就此一搏。说得我也心猿意马，恨不得也成为“交脚”（即偷渡）党一员。从偷渡谈到同学们的去向，越谈越投机，竟没注意到天黑下来。满河是摇晃的星星，远处的小火轮，灯光特别璀璨。我猛然想起，把爷爷撂在铺位太久了。

急忙和谭勋握手，道别，祝他马到成功。小跑着回到二等舱房。里面灯光昏黄，一片熙熙攘攘。原来是开饭时间。我离开时附近的床位小半空着，如今已满，不是坐着就是躺着。每个床位都有枕头和薄棉被，久久不洗的布料发出臭脚的腐败气息。我绕过许多人和行李，找到爷爷。他正在吃饭，我的一份搁在旁边。我叫一声爷爷，准备挨一顿凶骂。不料他呵呵笑着，说："再不回来，我就拿网罾去江中捞你了。"我大大松了一口气，不迭地解释，怎么意外地碰见老同学，偷渡一节不敢谈及。爷爷把晚餐向我推推，说："快凉了。"又一番狼吞虎咽，为了弥补罪过，开了句玩笑："爷爷，刚才的烧猪肉，该留一半现在下饭。"爷爷笑着骂我："烧猪皮搁久了不变成皮鞋底吗？"爷爷看着我吃，安详地抽烟。

我忽然感动起来，泪水涌上眼眶，想对爷爷说一句："你真好！"可是不好意思。爷爷不容易啊！前年四月，一个中午，爷爷从国药店回到家，和碰巧回到家的父亲（他在邻近的大江公社的国营棉布店当店员，逢墟期来这里设摊，出售须以布票加人民币购买的棉布）、趁墟的弟弟一起吃午饭，祖母躺着饭桌旁边的炕床休息（她刚才抱怨心口痛，卫生院的医生来，给她打了一针强心剂），就在这一刻，祖母心梗发作，撒手尘寰。这个晚上，我们陪伴着失魂落魄的祖父。深夜，父亲扶祖父去就寝。祖父站在床头，不肯动弹，良久，长长地以哭腔喊："睹物思人啊！"声音低沉，听来却如晴天霹雳。祖母猝逝以后，我每天晚上都从村里回到小镇的铺子，陪孤单的爷爷。有一晚，我去国药店接爷爷回家，迟到半个小时，爷爷也以这样摧心裂肺的哭腔责备我："还知道回来吗？"我恨不得跪下来请罪。我欠爷爷的太多了。

晚饭以后，低矮的铺位上，一片喧嚷。是孩子们的世界，哭闹的，在过道小跑的，唱歌的，夹杂着父母的喝骂、哄、说笑。在花尾渡上，萍水相逢的旅客，都展现诚实的一面。争吵，推撞，打斗，抢夺，这等"失礼"的举止绝难看到。我被对面铺位的一幕吸引住了：一对三十出头的夫妇，男的瘦高，尖嘴猴腮，相貌不敢恭维，然而，偏有鲜花插在牛粪上，老婆水灵得教所有旅客侧目，白嫩的鹅蛋脸，水汪汪的大眼，顾盼就是放电，但她是老实的媳妇，注意力只放在满地爬的儿子上。老公知道老婆的魅力，益发要耍威风，故意把梳子扔在老婆跟前，命令老婆捡起，替他梳理头发。捡不捡？数三下，不捡看我教训你！老婆偏不理睬，白了他一眼，埋头整理行李箱里的尿布。好好，当真不捡，那我捡，饶你一次。乖乖，让我亲一口算是悔过。他的脸凑近捏得出水的俏脸，少妇的脸涨成猪肝，把他推开，"噼啪"两下轻轻抽他的脸颊。他不生气，嘿嘿干笑着。殊不知，周围爆出大笑，原来偷偷注视这一幕的，至少十多个男人，包括我。我笑完，看祖父，祖父对着窗外的江水出神。我知道，他在想念相依为命的老伴。

九时半，船员到铺位间的过道巡视一遍，宣布十分钟以后熄灯，不准在铺位抽烟，以策安全。不久，二等舱变暗，低矮的天花板一盏15瓦的灯泡亮着，微微晃动。我和爷爷躺下来，不敢用被子遮盖肩膀，浓郁的异味不能过分靠近鼻子。我和爷爷的枕头并在一起。除了孩提时代，这是此生唯一的零距离接触。我低声和爷爷聊天。爷爷告诉我，曙光401，1949年前叫“新兴利”，是航运界巨子刘荣光所有，1948年下的水，其豪华辉煌超过所有渡轮，号称“内河皇后”。爷爷说，他年轻时在县城的药材店出师，当“巡城马”那几年，三天两头坐花尾渡，要么“新兴利”，要么“新联发”。我靠着舱板，抱膝而坐，问：“你当巡城马？那不变成牲口了？”爷爷大笑，咳嗽，说，人像马一般劳碌，满城跑，替人带信或者物件，也做点小买卖。他说，那年代的花尾渡够热闹，有钱人上餐楼，打工仔只住得起通铺。船票不必预订，随到随上，铺位满了就加位，帆布床排到船边。睇相的，讲古的，卖武的（即借表演武术来推销“一贴永不复发跌打丸”之类的走江湖者），到处钻。打麻将和下棋的，鏖战通宵。

爷爷说到昔年花尾渡上的伙食，吃是我最喜欢听的话题。爷爷顿了顿，我抬头看，他在剔牙缝里的肉丝。那时的花尾渡，什么没有？别说烧猪肉，沿江的特产，新会陈皮鸭啦，深井烧鹅啦，古劳水煮花生米啦，广海虾酱炒当菜啦，哪像今天，什么都凭票。知道吗？刚才吃掉的烧猪肉，我半个月不买肉才攒下肉票。

爷爷以双手代替用了半个世纪的乌亮木枕，对着天花板喃喃而语。我听着听着，进入睡乡。朦胧中，小火轮的汽笛和花尾渡上的大钟对话，声音被波涛裹着，抛着，颤动着，格外带苍茫之感。身下的波浪起伏成美妙的韵律，教奔波一天的躯体舒服之至。下半夜，起来上厕所。昏黄的灯下，鼾声和江声混杂。风袭来，打一个寒噤。我回到被窝内，再也睡不着。祖父开始了惯常的功课——吟哦。我翻身侧卧，背对着他。他知道这是公众场所，不能打扰别人，尽量压低嗓门。

爷爷过了花甲之后，每晚只睡三四个小时。祖母在世那阵，位于小镇中心的铺子的二楼，他们的寝室和我的床铺只隔一层薄薄的杉木板。开文具店时留下的，直径足有一尺半的美国造时钟，当当响过三下，老两口便开始于我这偷听者而言至为迷人的絮语。爷爷变为鳏夫以后，絮语变为吟哦。他的吟哦分三步，第一步是预热，第二步是长吟，第三步是悲啸。今晚人在外头，程序不能不有所变更。开头，都是《唐诗三百首》里的绝句，加上一些李后主、李清照、黄仲则、纳兰性德，以及乡间名宿若干不大入流但胜在切合眼前景物的诗词。基调无一例外：悲凉。待到情绪的潮水涨足，长吟开始。今夜是柳永的长调《雨霖铃》：“寒蝉凄切，对长亭晚，骤雨初歇。都门帐饮无绪，留恋处、兰舟催发。执手相看泪眼，竟无语凝噎。念去去、千里烟波，暮霭沉沉楚天阔。”用的是台山土话，据说它的优胜处在于保持了唐音八声，曲尽诗词的幽微意绪。声线营造的意境，跌宕，迂回，间歇之后的推进，仄韵被点化为倾诉或者质问，教我内心燃起熊熊的火。到下阕，爷爷的语调变得软和，带上浓重的鼻音，我知道，他在流泪。“多情自古伤离别，更那堪、冷落清秋节！今宵酒醒何处？杨柳岸、晓风残月。此去经年，应是良辰好景虚设。便纵有千种风情，更与何人说？”我把被子蒙住头，应和着祖父，他吟一句我流一点泪。想起性情中人的断语：“未能痛哭长夜者，不足以语人生。”我要把“痛哭”改为“吟哦”，后者比前者，更加入了千载凝聚的情思。

最后，爷爷吟元稹的《遣悲怀》：“昔日戏言身后事，今朝都到眼前来。……”汽笛之后，紧随的钟声带着前所未有的惊恐，我仿佛看到被大浪拍打的大钟剧烈晃动。爷爷说：“到甘竹滩了。”这滩头，从前发生过多次沉船事故，1949年后虽然炸掉了江上一些大礁石，但船行到这一段，操控舵杆的船工依然紧张得全身冒汗。

船缓缓驶进黎明。时间与空间奇妙地契合，曙色沿着江面，铺展开来。船进入白鹅潭，高楼列列。我和爷爷走上二沙头码头的石级。叔叔在人群中向我们招手。他不到四十岁，已呈老态。三代人走在一起，这似乎是仅有的一次。为了照顾走路缓慢的爷爷，我和叔叔走两步停一步。我忽然想起要紧事，回头寻觅，哪里有“战友”的身影，这就是“万人如海一身藏”，祝你好运，谭勋！

这是奶奶去世以后，爷爷唯一一次快乐的旅行。我此生和爷爷的亲密关系，赖花尾渡建立，完成。

悄立市桥

2018年深秋一个早晨，才交七时，我站在家乡街头。号称“中国第一侨乡”的县城，我青少年时期住了十多年，然而对所在方位全然陌生，靠本地朋友启蒙，才大致晓得，这里是城北新区，所有楼宇、街道，都是改革开放以来所建。此刻，为了等候把我送往湖畔一家餐馆的车子，须站在这一带。

昨夜乘出租车回下榻的乡亲家，也是在这里下车。台风过境，大风突然刮起，对街的水果档，供摊主坐的塑料扶手椅滚到对面，一个好心的路人把椅子捡起，放回去。身后的凉亭旁边，一个餐馆的帐篷啪啪作响，里头的四五个食客往里头缩。今天已放晴，新楼盘顶端被旭日染成金色。

秋风动襟，想起黄景仁的诗句：“悄立市桥人不识。”游子在“市桥”，除了三数位朋友，不识任何人，也没有谁认得一个七十老翁。四十年前在“衙门”上班时，改革开放蹒跚起步，我随局长骑自行车到建于这一带的陶瓷厂、农机厂调研，帮助厂房建立“岗位责任制”。路上，秋风吹在前额，掠起波浪一般的卷发，而今，稀疏的白发谦卑地伏着，昨夜劲风也没能吹起来。

车久久没来，不敢逛稍远处的菜市，只好想入非非。“人不识”是宿命，贺知章的“儿童相见不相识，笑问客从何处来”，道的就是归人的尴尬。好在，和我一般“立”的有好几位，都是摊贩。

离我最近的是卖鸡蛋的女子，三十多岁，身板单薄，脸色发青。她跟前，四个篮子盛着蛋白质丰富的土黄色农产品。你如果问产地，她可能亮出“家养”的旗号。但我疑心是养鸡场批发的。一老太太走近她，问价钱。她说，三块五。回价三块。卖方摇头，老太太挑出五个，摊主放在电子秤上。老太太小心地拿着盛鸡蛋的塑料袋，离开了。我看着，想起一个古老的笑话：

一市人，贫甚，朝不谋夕。偶一日，拾得一鸡卵，喜而告其妻曰：我有家当矣。妻问安在？持卵示之，曰：此是，然须十年，家当乃就。因与妻计曰：我持此卵，借邻人伏鸡乳之，待彼雏成，就中取一雌者，归而生卵，一月可得十五鸡。两年之内，鸡又生鸡，可得鸡三百，堪易十金。我以十金易五牸（母牛），牸复生牸，三年可得二十五牛。牸所生者，又复生牸，三年可得百五十牛，堪易三百金矣。吾持此金以举债，三年间，半千金可得也。

我的家乡越一百六十年来，虽因战乱或政治因素而偶陷低谷但不会断流的移民潮中，百姓手里的护照、绿卡，是不是心理上的“鸡蛋”？有的鸡蛋在另外一方水土孵化，繁殖，彼岸不流行一夜暴富，从一无所有到“发了”，须时多半要十年；有的“鸡蛋”耐不住颠簸，碎了。诗人写喝酒碰杯，每一声都是“梦碎的声音”。鸡蛋不会碎得那么壮烈，清理了碎壳，蛋黄和蛋白能抢救多少就多少，将就着做一个荷包蛋，那是贫乏的儿时，逢上生日，母亲才额外送的恩典。

卖鸡蛋的女子完成六宗交易以后，一辆“台锐”牌三轮车突突开来，停在我旁边，车上跳下一对父子，儿子七八岁，穿蓝白相间的校服，父亲四十上下，一家三口合力把四篓鸡蛋搬上车，可能要转移，这叫“打一枪换一个地方”。离开前，男子从妻子手里拿过一沓钞票，沾沾口水，数起来。我看他当仁不让的主人架势，又想起鸡蛋的寓意，他的发家路线图，显然已从借邻居的母鸡孵出第一只小鸡进到建立小养鸡场，从指尖经过的钞票所激发的激情，与彼岸旧金山唐人街上的“老金山”比，有哪些异同？我还没想清楚，背后石桌四周围坐的村妇们，发出比母鸡下蛋后飞出鸡窝的咯咯声更尖锐的争论，一色台城方言，话题是：最近远嫁纽约的邻村年轻女子阿花，被薄幸男子抛弃，又拿不到绿卡，进退两难。一个骂从纽约回乡娶亲的厨师不是人，一个为他辩护，因为阿花肚子里的孩子早产得离谱，丈夫不认账情有可原。最老的一位顿着拐杖，说：“是命！都不要怪别人。”听到末尾，知道这个故事的梗概：一乡亲的“第一只鸡蛋”摔在纽约布禄仑区的旧公寓外面，地面是沙土，没法抢救。我没想完，“台锐”已远去。

接着，多情的“市桥”送来另一位教我发思古之幽情的站立者。年过六旬的摊贩，地上的旧布上，只放着几束芹菜和芫荽。量具是小秤，秤杆油亮，作为刻度的铜点已黯淡，难以辨认。就是这器具把我回忆的藤蔓扯起，那根须牵系的是五十年前。那时候，摊贩用秤堪称出神入化。卖肉的，边言笑晏晏边用小指压杆尾，揩顾客的油于先；拴肉水草的开叉处，额外放一块肉或骨头于后，申明是送给“熟客仔”的，皆大欢喜。我被芹菜旁的一块根状物吸引了，问摊主是什么，摊主吐一口痰，再回答“粉葛”。我差点追问，为什么缺了一个头，忍住了——一段沤烂了，所以切掉，一目可见。

离持小秤的老翁一米处，站着一个菜贩，摊子设在平板车后部，流动性之高是没得说的。她专心致志地给有点蔫的白菜和芥菜洒水。阳光被台风云筛过一次，不算亮丽，但绿叶眼看着舒展了，光闪在雪白的梗上。主人有一张耐看的脸，家乡女人才有的，和媸妍关系很小，温婉里的粗野，认命中的强悍，简单中的城府，堆在五官的间隙。这样的脸，我在旧金山看多了，从眼前这一位浇水时的神态想到：闯荡天涯的家乡女子，源头在此。

闪着淋漓光影的菜终于吸引了一位男子，五十多岁，矮小的身躯披太大的夹克，加一顶鸭舌帽，更绝的是烟斗，洞里插的不是烟丝，而是整块烟叶卷成的“筒”。卷雪茄是道行高深的技术活，在美国的老派富豪圈，少不了若干位从卡斯特罗的古巴偷渡来的卷雪茄老师傅，不料这位来历不明的绅士轻而易举地做成了。他问了菜价，没有买，转身离开。看不到烟斗冒袅袅的烟篆，徒具姿态而已。侨乡土洋糅合之风，可从它窥见一斑。

面对着大街，车子呼啸而过。电动车居多，那是上班者用来代步的；还有被一些城市禁驶的摩托车，那是无牌照的载客工具，司机都绷着脸。收购废品的平板车频繁经过，女司机身后堆着早晨第一批斩获，有纸板、海绵体、散了架的空调、从建筑工地弄到的铁枝。在卖鸡蛋小贩刚才站立的地面，新添一个盛午餐盒的塑料袋。那是某位滴滴车司机，趁等人的空档，匆匆把肠粉和艇仔粥解决掉后，打开车门，潇洒地抛弃的。他的理论是：“让清洁工有活干，不致失业。”

以为早晨平平淡淡地过去，不料压轴戏在半个小时以后开场。不知哪里冒出来的，五六个早餐档占了我所在一侧。档上盘旋的热气，来自制作肠粉的蜂窝煤炉子。一排排盛热豆浆的纸杯，都放在塑料袋内，袋子上方都有小圈，供顾客以手指勾提。雪白的馒头在屉子里。每一摊，连只卖熟番薯和芋头的老太太在内，都摆出二维码，只要拿起手机对着它，“嘀”一声便成交。这脆响，怎么听也不像任何一类寓言式“鸡蛋”摔碎的声音。

手机响了，朋友告诉我，车子即将开到。犹豫着，要不要买一杯滚热的豆浆？终于没买，因为手机里没设置带支付功能的微信，不想被家乡的人讥为“土老帽”。

独饮茶

在广东人的日常词汇中，“饮茶”并非指单一的“喝茶”，而是一种涵盖地点、茶的品种、喝法、同座者、点心、谈话内容的生活方式。按时间分，有“早茶”“午茶”“夜茶”。英语语言学家鉴于直译“drinking tea”远不能达意，新版《牛津英语词典》收入这个中国词，只取广东话音译——“yum cha”，一如英语中“甜品”“面包”“小吃”“零嘴”一类单词，哪一个都无法囊括广式茶楼的“点心”，除了音译“dim sum”。

深秋，我回到家乡的县城。已不知是第几十次“归去来兮”，不好意思渲染被廉价越洋机票折旧的老式乡愁。早晨，从乡亲家的客房醒来，才五点多，忽然起了冲动——饮茶去。

饮茶须有良伴，但今天属即兴，而临时邀请绝非易事。太早，不能扰人清梦，便发短信，请最投契的文友来电。他已起床，回电称已约了人，也是上茶楼。直到七点，假设全体已成老人的朋友均奉行《治家格言》的“黎明即起，洒扫庭除”，便陆续打电话，要么没人接听，要么人在外地。

只好独自前往。幸亏昨晚睡前请居停主人讲解了方位，晓得此地处于城北，一公里多以外，是四十年前的汽车总站（二十世纪九十年代被拆平，建造了大酒店）。从前以车站为界，往北是农田、村庄，杂以树林和池塘，现在满目高楼。要去的茶楼很近。

七点一刻，乘电扶梯上了二楼。茶楼开门不久，茶客不少，但有的是空位。我在靠近门口处选一张厢座，脸对大门，妄想从进门的茶客中逮到熟脸孔。若然，就“拉伕”一般把他按在我的座位对面。

台城的茶楼

服务员凑近，问喝什么茶。我问有哪些品种。“普通的有寿眉、水仙、铁观音、古兜山红茶，每位6元，高级一点的有菊普，每位12元。”我要了普通普洱。

服务员把茶包送来，我打开桌上的水龙头，打开开关给铁壶灌水。水开，泡了一小壶，发现桌面空荡荡的。正要向服务员指出这一疏忽，看到邻桌的男子低头打开桌下方的小柜，原来茶具和餐具都在里面。这就是“新猷”——自己拿。鉴于茶客普遍地对茶楼厨房内的洗碗机不予信任，让你自己洗，用过的热水倒进小盆。

在景点餐馆的靠窗处用餐，叫“吃风景”；在高雅餐厅就着烛光喝葡萄酒，吃生牡蛎，叫“吃气氛”；菜上桌，众人站起，拍照，迅即晒在微信朋友圈，叫“让手机先吃”；二十世纪广州的高级茶楼，“楼面”弃肩搭抹桌布的店小二而起用年轻貌美的女子，叫“吃女招待”——此刻，可名之为“吃孤独”。

随手打开菜单，点了几种从来没尝试过的点心，还点了很久没吃的小米南瓜粥。喝劣质普洱茶，忆起网上有文揭发，有的茶楼老板为降低成本，从市场购买从茶渣“翻新”的玩意。遂对装包的茶产生怀疑，但一如对三聚氰胺、地沟油、转基因的恐惧被“随大流”所消减一样，照喝如仪。

回忆是“孤独”最好的伙伴。家乡的茶楼，无疑附丽着众多沧桑。我少年时住在小镇，家是位于丁字街中心的铺子，旁边是供销社经营的茶楼，我家阳台的北侧有一个窗户，是茶楼开的，为的通风。我闲来无事，爱趴在窗台看茶楼。那是物资极端短缺的二十世纪六十年代初，冒热气的包子、春卷、馒头，都凭粮票，让人看了更加饥肠辘辘。茶客中极少突破“一盅两件”（一壶茶，两碟点心）这一古典开销额度的豪客，除了穿花衬衫的“香港客”。

回溯茶楼。余生也晚，抗战胜利后，侨乡因恢复通汇，茶楼兴旺无比，“金山少”们（爸爸或爷爷在美国的青年人）戴毡帽，穿雪白府绸唐衫，三接头皮鞋，持镀金“士的”（手杖），气宇轩昂地进茶楼，盘踞雅座，点伶人递来的粤曲曲目，一边听，一边吃水陆八珍，这等盛况来不及见到。但从这个隐秘的窗子，见识过一个农民从中兴到末路的全程。

那是七十年代初，我已回乡当知青，住在我家铺子的只有祖父。祖母辞世后，我常来看望老人家。听朋友说及，最近茶楼每到墟期（隔五天一次），都有一位“手面巨阔”的乡巴佬，坐镇楼梯口。我问，他干什么。对方卖个关子，只说“做你万万想不到的事”。我问，连林副主席也折戟沉沙，会有比这更加想不到的吗？他回答：你自己留意。

我按他的指引，一个中午，从窗口看。因角度太偏，我下蹲，眼睛竭力靠左，才勉强看到楼梯口。午后一点过去，趁墟的四乡百姓到了回家的时间。突然，凳子不约而同地动起来，茶客们听到一声“他到了！”匆忙站起，拎起随身带的竹篮、包袱，往楼梯涌去。服务员慌忙在收款台前排成一行，高叫，不要离开，先向阿本哥问好！于是，平日散漫无比，只有公社化初期实行军事化管理的场合去大食堂打饭才知道“秩序”的一众农民，乖乖地排成一行。我目击着队伍移动，可见“问好”的程序简单利落。听到一声声极亲热、谦卑的“阿本叔”“本哥”，和雷本“呵呵”的干笑和“好好好”的回答。一个多小时过去，茶客们陆续离开，谁叫一声“阿本叔”，赞一句“你真是大好人”，就可“免单”。剩下雷本，在村里后生的协助下，清点餐厅的点心碟子，算出总数。最后，雷本把横挎胸前的包袱解下来，乌黑的手指沾口水点钞票，付账。这是1958年“大跃进”时代昙花一现的“吃饭不要钱”以还，发生在小镇的唯一奇迹。我从窗口无法看清雷本的脸容，背影却刻在脑海里——粗阔，右肩因常年被扁担压迫，明显歪斜了。衣服倒是全新的，皱褶鲜明，可惜软和的“的确良”衣料和他“有仇”似的，和身体合不到一块。

茶楼歇市后，我连忙找给我报信的朋友，问雷本为何暴富。原来，此人住在十多里外的大牛山脚下。他父亲在美国当厨师，从前一年总寄回一两百美元，被乡人视为有“南风窗”的殷实人家。十多年前，彼岸的父亲忽然没了音讯，托在美的乡亲寻找，回话说他父亲因欠下赌债，藏匿于边远地区，怕遭放高利贷的黑社会派人追杀，不敢和任何亲人联系，当然无法也无余力寄钱回来。雷本卖光家具后沦为赤贫，妻子带儿子回娘家长住，他成了没人看得起的“寡佬”。去年，他收到一封英文信，拿到镇上邮局，找懂英文的局长翻译出来，知道父亲已故，律师清理遗产，发现老厨师先前买下但已忘却的两种股票，升值数百倍，而唯一继承人是雷本。办妥公证手续以后，律师汇来3.9万美元，按当时汇率折合为十万元多。那年月，工人的月工资为三四十元。农民一年赚大寨式工分，折为现金，不过一二十元，很多穷队竟是负数。这笔钱相当于新世纪的上千万元。他去银行，拿到美元兑的人民币，欢喜过头，竟晕倒在地，被乡亲抬回家。他醒来，一个劲地对着家里的祖宗牌位磕头，直到额头渗血。

半年以后，架不住同村人的怂恿，雷本嫌我家隔壁的茶楼土气，每天率领一大帮茶友到十公里外的县城，在豪华的“燕喜”占几张大圆桌海吃。每天晚上在村里还要大开宴席。不到三年，把钱踢蹬完，跌回原来境地。单车铃声不断、宾客盈门的盛况不再。他最后一次在我家隔壁的茶楼露脸，我没看到，听说无人理睬，他只吃了一个叉烧包，灰溜溜地走了。

点心端上，独食无味，勉为其难，喝了一小碗粥。油炸南瓜饼味道不错，但想到过度使用的食油会产生致癌的苯并芘，胃口剧减。

茶客从门口进来，以老年人为主，这是第二波、第三波。最早光顾的一群开始离开。不远处起了骚动，抬头看，距我两行桌子、靠窗处一张大圆桌，七八个男子站起来，争论什么。那是中国人情学的精髓之一——抢埋单。侨乡多“外面回来的”，近如港澳，远如美加。论“衣锦还乡”这一人生事功的标志性事件，莫如茶楼内豪爽地“睇数”。从眼前又温馨又搞笑的“抢”，想起知青时代听到的故事：

某日午间，正逢墟期，三个从花旗国回来的男子在镇上邂逅，亲热无比地拍肩膀，一致决定，上茶楼聊个痛快。在水汽氤氲中消磨了两个小时，茶市阑珊，该埋单了。他们都早已悄悄自我检查过，自知囊空如洗。个中原因各别，如：回乡已久，钱挥霍光了；刚才因买菜或馈赠亲友用罄；忘记带钱包。怎么办？堂堂金山客连“叹茶”的小钱也没有，传出去岂不要跳楼？如何化解？只有找个借口溜出去找熟人救急一法。不过，英雄所见略同，三人落座前都暗抱侥幸：我没带钱，眼前两位衣冠楚楚，从来出手大方，怎么会也不带？然而，埋单前，面子所系的“抢”是务必充分表演的。

于是，堂倌报出数额的同时，三位体面的绅士在通往收款台的过道上，推推搡搡，一个说：“你们是大佬，这次务必让小弟表表心意！”“上次你请了，这次不行！”“喂，我是地主，怎么轮到你们……”越吵声音越大，都脸发红，颈上青筋如蚯蚓。如此煞有介事，教茶客以为是黑帮“开片”（械斗）。最后，一起向柜台发起冲锋，都说：“谁也别争！”然后，各自一只手插进口袋，久久没有拔出。一片死寂，伸手接钱的掌柜眼睛发直。这一秒，谁都指望别人从口袋掏出白花花的银圆，若然，其他两位将无奈何地摇头，小声骂：“算你手快。”“下不为例。”好戏就此完美落幕。然而，这一次演砸了，三人脸如死灰，苦哈哈地搬出冠冕的理由，然后派人去外面搬救兵。

放在从前，我听完这故事，是会和榕树头的村人一样，无情地嘲弄民谣里称为“掉转船头百算百”的金山客的，但此刻我有类似身份，笑不出来，不是出于还乡者概莫能外的“衣锦”情结，而是为了无从开“抢”。多么渴望知青年代的伙伴走过来，把服务员递来的账单拿走，我在后面摇头，甜蜜地苦笑。而此刻，一个中年人拿起手机，在柜台前贴近一个二维码，“嘀”一声。大家笑嘻嘻地走出，从我旁边经过，掠起一阵烟味。

举起茶杯。不谙茶道的孤独者，无从仿效张宗子和他笔下的“金陵闵老子”。这两位绝世高士品茶之时，机锋四出，喝得出是“罗岕茶”还是“阆苑茶”。这算不了什么，竟喝得出水不是“惠泉水”。自然，我拿“品孤独”来搪塞不是不可以。

孤独中人有什么？奥地利大作家茨威格说：“恰恰是

流离失所的人才会获得一种新的意义上的自由。我成了时代的编年史上最大胜利的见证人。”相对于群体，形单影只不是流离失所吗？我凭借短暂的自由，该做什么？

首先想到“体谅”。最久远的一桩，是五岁那年，上小镇的茶楼找爸爸，跑上三楼的木楼梯时，没看清老堂倌正托着一盘“蛋挞”往下走，我一撞，“蛋挞”散在梯级上。堂倌说，哼，我要你爸爸赔。我哭起来。他在后面喊道，说：“不要跑！”我以为他追来抓我，要我赔钱，原来是怕我再摔一跤。泉下的三叔，谢谢你常常给我的小手塞一个叉烧包！

我体谅先暴富再回到赤贫的雷本，他是好心人。哄他、骗他、教他快速破产的村人居心也不坏。谁都没有对付过“有钱”，只能以庄稼人原始的笨拙，让赤贫的乡亲再来一次史无前例的“吃大户”——1958年的公社化运动是第一次，农民在食堂放开肚皮吃，不要钱，可惜为时极短暂，且以水肿病和饿死为代价。

我也体谅抢单的三位金山客，他们栽在“面子”上，纯属偶然。

一拨人闹哄哄地进来，走近一张圆桌。一位提前来“霸位”的老者站起来欢迎，和其中一位热烈握手，称对方为“仓下佬”。“仓下佬”得意地说：“这是我们的地头，你小心点。”两人拊掌大笑。我记起来，此处不就是仓下乡吗？五十年前我在城内上中学，周末走路回家，必经此地。它所以出名，是因了一个四乡流传的笑话：一位仓下人，家里极穷，一年到头难得沾荤腥，但他在“馐篮”里总存着一块肥猪肉，绝不吃掉。每天饭后，拿肥猪肉往唇上仔细擦一遍再出门转悠，让村人看到嘴巴油晃晃的。这“面子第一”，凄凉之中有可爱、可悯。而况，论作假，“唇上擦油”哪里比得上出门必含一根牙签？可见，家乡人是老实的。

乡愁的终端

一

初冬，午后，我站在故乡岭头。风细，云淡。并非平芜，因久没下雨的缘故，没有春夏时节的清新。还乡早已不是大事。坐越洋航班一程14个小时，过去视为“乡愁的炼狱”；退休这些年，一年飞两趟，练出来了。不曾幻想，回一趟乡下，像割溪边的万京子叶一般，轻而易举地收获若干篇散文的素材。“乡愁”云云，早已如网络上描写多年夫妻彼此的感觉——左手握着右手，直到走进这个村庄。

龙塘村是妻子的娘家。今天，也是从旧金山归来的内兄夫妇，要在祖屋和祖坟两处拜祭。妻子和我参加，自是义不容辞。上午，车子从小型公路拐进小路，在村口的大榕树旁边停下。老妻说：“到了！不论去哪里，这里都是终点。”那阵子是午前。站在池塘边，目光越过密匝匝的榕树叶，扫过漂着垃圾和浮萍的绿水，落在灰褐色屋顶上。心里响起某印度诗人的诗句：“此刻，一条条白色烟柱像摇篮/缓缓地晃动家家户户”，嘟囔一句：“炊烟呢？”

是的，远远近近，屋脊有如庄稼人的脊梁骨，呈南北走向排了十多排。烟囱列列，它们的上空却没动静。不是所有村庄都因住户搬迁而变为“空心村”，而是家家户户用上不冒烟的煤气，即使电饭锅有“汽”冒出，也不通过与烟囱连接的老式灶台。

随着老妻走进一条熟悉的巷子。这里有她的祖屋。亲戚们先后到达，初次见面，少不了大呼小叫，巷子里乡音鼎沸。打开老屋的门，在八仙桌上摆开食物和酒杯，神龛上插上线香。空置多年的老屋，上个月台风来袭，洪水漫溢，屋内也遭水淹，水退后介砖铺的地板上积了一层泥浆，内兄夫妇和村里乡亲一起清洗了三天。如今，介砖去掉暗绿青苔，显出橙红的原色。阁楼上的神龛是新买的。一片新气象，对得起万里归人。

我为了避静，信步走到村口。田垌在眼前，谷子已熟，远处公路旁边黄灿灿的一片是稻田。五十年前，从这里看开去，景色单调得多。无雨的日子，天空是掺和土黄色的蓝，远方是如黛的连山，近有村落，田垌上有兀然拔起的碉楼，大路上有叮铃铃作响的单车，吱咯作响的鸡公车，成群结队、懒洋洋地出勤、赚“大寨式工分”的农民。如今，多了两个怪物，一是二十世纪七十年代中期给田垌开腔破肚、只给下游制造洪涝的“排洪河”，以及本世纪初造的、侵占大片稻田的沥青公路。离脚下最近的稻田有点异样——一体碧绿，比水稻矮，有点像水浮莲。问了村人，才晓得是荸荠。

不管时间如何推移，世道怎样沧桑，“家”的终极性意义从来如此：家族定居之处，人的出生和长大之地。妻子出嫁前的二十二年，除了进县城念中学，都在这里生活。这村庄作为我的“岳家”，按“婿半子”的古训，说它是我的“半个家”不算牵强。而况我当知青那些年，当民办教师，学生来自这村庄的不少。我为了家访、宣传和支援农忙来过无数次。刚才遇到的阿芳，四十多年是我的学生，她家在巷口。她母亲早逝，她、父亲以及骂人极凶

台山的田垌

狠的祖母一起生活，那时才十二三岁，矮个，圆脸，笑起来特别纯真，如今刚过六十，三个孙儿女的祖母，她是专为和我的妻子一行见面才回娘家的。

我从村口的榕树头走出，在一条水泥路上来回散步。这宽度可供两辆对开的汽车交会的村路，有一教人诟病之处，弯度大得离谱。本来，路横跨村庄和公路之间的稻田，修得笔直，既省钱和人力，又少占田地。我上次来已和妻子讨论过，没有答案。此刻，我这般对自己解释：距离拉长，好让“少小离家老大回”的游子在“近乡情更怯”中多逗留，为汹涌的感情提供缓冲。

二

祭祖之后，还得去村旁的山坡。那里有一行墓碑，属于妻子娘家的列祖列宗，包括她的祖父母、祖父的兄弟及配偶。二十多年前我也参加过类似的祭奠，但坟墓散布在另一面山坡上。近年，附近两个山头上建起了中学。一个个盛着森森白骨的瓮子被挖出，迁到这里。新址离村近，村里的乡亲都来凑热闹，坟墓旁边的凉亭上，聚集了四五十位男女老少。

亭子的人堆里，一个高个子中年人高声叫着“老师”，跑来和我握手，他是阿湛。阿湛是我四十多年前的学生，算来也交六十了。凑巧的是，二十五年前，也是在这一带，也是妻子家上坟的场合，和他相遇，师生有过一次热切的聊天。那一年，他和新婚妻子，刚刚去广州的美国领事馆领了签证，即将赴纽约定居。他告诉我，纽约有岳父母、姨妹和小舅子等，“不愁没地方落脚”。他还详细问我，在美国怎样过日子，从租房到找工作，我一一作了解答。看得出来，他虽不无因陌生而生的恐惧，但情绪是昂扬、热烈的。以后的漫长岁月，我去了多次纽约，都因时间不对，和他见不上面，但电话通过好多次。知道他在犹太人开的小型建筑公司打工，早已升为领班。我问他近况。他告诉我，还是替那老板干活，负责派工、施工。从言谈知道，他在异国，是好丈夫、好雇员，还做着秘密的文学梦，前年，以微信给我发来一篇短文，题目是《期待相逢》，让我批改。“要在朋友圈秀给老同学，不能出洋相。”他郑重吩咐。

趁着主事者焚香、摆供品的空隙，他拉着我的手不放，一个要紧的问题，非和昔日的老师探讨清楚不罢休似的。他所关注的，不是自由女神像站立的大西洋之滨，虽然在那里买了房子，安下永久的家，孩子上了大学，而是村庄——他的出生地、出发地。他眯着被午后阳光映花的眼，指着泥砖造的小屋子，说，呵呵，看，老样子呢！原来，他出国前，这小屋是村里三个年轻人开的单车修理站和碾米厂，到了晚间，村里男女青年爱来这里聊天。昔年的三个“老板”，有两个在场。“老师，不怕你见笑，我在纽约，常常梦见这小屋子，还有，山下的那些小溪，酷暑天下去捉鱼。我在纽约住了十九年，才和妻子一起凑足假期回来一次。那些日子，想家想疯了！”他的眼神变得迷茫，仿佛在讲述一个很久以前做的梦。

“回来，感觉怎么样？”我问。阿湛没回答。这当儿，妻子唤我去给墓碑鞠躬，上香，敬酒。乡亲们在亭子里外抽烟，说笑。祭祀仪式完成，将烧猪肉、松糕、咸鸭蛋一一摆开，请大家来吃。阿湛拿起一块乌黑的猪肝，放进嘴里，看到我，说：“老师，你刚才问的问题，很难回答。”说罢，挥手驱赶落在食物上的苍蝇。

我以过来人的口吻问，是不是“不过如此”？

“有时候是，有时候不是……”他说着，要搔头上黑白参半的发，忽然记起拿过食物的手尽是油腻，又放下。有趣的是，我和他，全部谈话都没有“乡愁”这个字眼，心照不宣的理由，是它太文绉绉，还是不合时宜？我没想出答案。

我被苍蝇吓怕了，不敢多碰摆在地面的食物，尽管有点饿。纵目山坡上下，密密麻麻地排列的坟墓。从前祖坟各自独立，偶有相连，那是兄弟或者夫妻。如今为了节省土地，政府对先人骸骨推行军事化管理，一排排的，十分整饬。可惜，茅草太盛，墓碑被稍嫌衰飒的绿色淹没了。难怪，眼下是新历十一月。而扫墓，须在清明和重九，那时节来，墓群一定露出清晰的轮廓，碑文历历可读，因为事先铲了草，且在坟头压上白色纸钱。其他季节来的，只有彼岸的归人，他们的慎终追远，因掣肘太多，难以按惯例行事。

想继续和我的学生阿湛讨论乡愁，从“狐死正丘首”破题。十九世纪中叶，随着美国加州淘金热而起的移民潮涌至，漂泊异国的乡亲，死也不愿在美国置业、养老，最后的愿望必然是还乡。然而，太平洋阔度为一万公里，一百五十年前从旧金山开往香港的蒸汽轮船，统舱票五十美元，相当于唐人街中餐馆厨师一个月的工资。“天涯岂是无归意，争奈归期未可期。”有两种“还乡”，一种是幸运儿，是活生生地，穿着插满金条的特制马甲，携带不止一口的金山箱。他们所展现的“衣锦还乡”，乃一代代侨乡人最高级、最辉煌的事功；一种是倒霉蛋，客死之后，骸骨殓于棺木，被蒸汽轮船运回，葬于家山。

但是，阿湛已走远。对他来说，探究近于玄虚的乡愁，不如和昔日抵足而眠的村中兄弟碰杯，痛痛快快地诉说往事，从攀登大牛山打柴到禾塘上打排球。

三

秋风动襟，日头西斜。拜山完毕，大家下山去了。我独自坐在亭子外的大石上，非要把“乡愁”琢磨出个结论不肯离开。早年读王鼎钧散文《世缘茫茫天苍苍》，被激情迸射的片段打个正着：

万古千秋，凡是失去家园的人，都要通过时间的刑求，时间像处决死囚一样剐我，像苹果去皮一样削我，我再生肌长肉。新肌，你的名字叫异乡！异乡一寸一寸改变我，一层一层淘洗我，故乡后撤，故乡缩小，故乡在脏腑间无处藏身。直到一天，“故乡”必须弃收，“故乡”濒临悬崖，必须纵身一跳，跳进深不见底的潜意识，我成了真正的异乡人。

我问自己，离乡三十八年，故乡与异乡的牵扯，可曾如此伤筋动骨过？回答是没有，除了抵达旧金山第一天，在暂住之处，摊开岳父送来的邮简，给父母写家书报平安的一刻，泪水的咸度也许近似。从根子上说，王鼎钧的断言，适用于遭逢战乱、家乡一别即成永诀的一代。

至于我们，因人而异，即如我和学生阿湛，他因长久不归而思乡，与我在晚年频繁归来，心境岂能一概而论？这里用得上一个来自《世说新语》的典故：

晋明帝幼时，一日，坐在元帝膝上玩。有人自长安来，元帝问洛下消息，潸然流涕。明帝问父亲何故哭泣，元帝将被迫南渡的屈辱告知。于是问明帝：“你觉得长安和太阳相比，哪个远？”明帝答曰：“日远，不闻人从日边来。”翌日，元帝招众人宴饮，又以同一问题问明帝。

不料明帝答曰：“日近。”元帝愕然失色：“为什么和昨天说的不一样？”明帝答曰：“举目见日，不见长安。”长安自是长安，非关远近，乃思乡人别有怀抱耳。

日近日远都是家乡，距离只系乎思乡者的情感取向。而乡愁的表皮，完完全全地附着于“来处”，你认定你是哪里来的，哪里就潜伏着乡愁的终结。然而，乡愁是“洋葱”，剥了一层还有许多层，各有各的“怀抱”，或指向童年，祖母陪你去摘果子的番石榴树；或指向初恋，那片印下并肩人影的月光；或指向祖屋阁楼上被蠹鱼啃出流畅线条的书籍；或指向某一个神秘所在，只因它从你的乡梦破茧。

而还乡，也不止坐船或坐飞机一途。二十世纪八十年代，我效郑愁予“拉纤回去”的诗意，写了一首《挑担还乡》，那扁担是花旗松削就的。而以汉语书写文学作品的国人，自有便捷、稳妥的归去，那就是写作本身；至不济，也可以埋首于书籍，那就是余光中所称的“蓝墨水的上游”，尽情寄付你的文化乡愁。

想出头绪以后，我步行下坡。老妻他们已乘车去小镇访问故旧，我沿着公路缓行。铺上水泥的路，我出国前叫“牛车路”，因它比阡陌阔，可走两轮牛车，但阔度和平坦度达不到“公路”的标准。关于它，在我异国的乡梦中，出现的次数太多了！和家小出国，从这里回望村中碉楼，黑魆魆的矩形嵌在暗蓝的天幕。然而，此刻，它给我看到的，却是丑陋的一面——路旁散布着死人的遗物。是哪个朝代传下的呢？我从小熟习，哪个人家死了人，逝者的衣物、用具、书籍之类，统统搬到路边，点一把火，烧当然是烧不透的，任风吹雨打，一年年下来，路旁成了垃圾场，却无人清理。这就是原汁原味的故乡！我的乡愁该不该包容这些污垢？

于是，在到达小镇的文化广场之前，我基本完成了对乡愁的评估。这与我纠缠大半生的情感，在我征服“古来稀”的关隘之后，在我至少三十次归来之后，处于“一对一”的局面：两种乡愁势均力敌。在家乡想异国，在异国思故园。换个说法，就是零和。

我在乡愁的终端，终于了结“这一边”的乡愁。

下编

海外的台山

衣锦还乡记

一

2019年金秋，最宜于在故土旅游、聚会的季节，“中国第一侨乡”台山市的政府驻地台城，单是十一月，据我所知，就有这些与会者超过千人的大型庆会：台山一中建校110周年，越华中学90周年校庆，全球台山乡亲恳亲大会，白沙镇网地村建村329周年庆。

这段时间，我也还乡。说到心境，主调是淡泊，“老乡见老乡，两眼泪汪汪”的经典场面已然遥远；也难怪，进入二十一世纪以来，我返国超过二十次，回家乡十几次。回到台城，与亲友聚会于茶楼、餐馆，言笑晏晏，客套加玩笑。这种酬酢，好处是轻松，一如喝“丝滑”的咖啡；坏处是缺乏激烈的思想碰撞，难以产生深刻点的感悟。好在，我自始至终没打算做《还乡记》一类应景文。

这种心态延续到十一月十三日下午。我和数位朋友参加一个设在村中禾塘的大聚餐，说笑不断。近晚间九时，数百人陆续散去，停在池塘边沿的许多车子，前灯陆续亮起。我踩着散布骨头和空酒瓶的水泥地，和相熟的参与者道别。村里四五个小孩子在桌子间追逐，差点和我撞个满怀。天下无不散的宴席。仰头，天一片暗蓝，今天是阴历十七日，不见下弦月。猝然而生的感触教心头一颤。

二

这一天的午后，我们一行从县城出发，到了三八乡唐美村，是四点多，离晚饭还有两三个小时。车穿过以充气塑料筒搭成的巨型拱门。拱门上端两条腾飞的金龙，指爪张开，对着中央的金黄“火球”。门额上一行黄色黑体字，标明这次庆典的主旨：主人宴请亲友。

操办这一切的是一家专业公司。金山客还乡，照例要请客。选择有的是。要讲排场，可设在城里的宾馆、酒楼。放在二十年前，在门前乃至路口放一块牌子，上书：“旅美×××伉俪宴客（三楼）”；如今可以在正门上方的大屏幕上播放视频，志得意满的男主人及珠光宝气的女主人在高处微笑招手，旁设字幕：“美国×市×××企业董事长×××先生今晚席设本楼第九层。”次一等的是带滚轴的液晶显示板。缺点是离村子远，村民未必能够全体出席。

近二三十年，村内设宴越来越受欢迎。个中缘由，

“全村父老乡亲到齐”固然是重点，但心照不宣的一条——还乡的“风光”，后代的“风生水起”，让祖屋神台所供奉的列祖列宗“亲眼看到”，乃是出于本能的要求。

我们的车子停在水泥做的禾塘上。从村前步行到池塘边，才知道来晚了。数十人散在四周，聊天，抽烟，谈笑。照相当然是主轴。他们要么是主人樊和太太萃在家乡上高中时的同班，要么是和他们同村的乡亲，要么是他们邀请的朋友。旧金山唐人街好几位前几天回来主持恳亲大会的侨领，从县城赶到，使聚会的“规格”获得提升。

时间到了，替主人打下手的乡亲开始召集散落各处的宾客。“落座”可不简单，要找自己所属的桌子，要和旧雨新知握手寒暄，要为“坐哪里”谦让。我趁空隙，去“考察”外烩公司的运作。不远处，靠近一条巷子的空地上，停着一辆大型箱形车，车身画着笑眯眯的厨师，下方标出公司名称、电话和微信号。车子堪称百宝箱，桌椅、炊具、餐具、罐装石油气、炉灶、食材、调味品、饮料、应急用的柴油发电机、雨天用的帐篷、照明设施，应有尽有。临时厨房内，有生、熟砧板，有多张长桌，上了碟的头道菜——冷盘整齐地摆在上面。夕阳橘黄色的余晖洒在红彤彤的鹅肉和翠生生的白菜上。平日冷清清的村庄，飘着教人垂涎的八角、茴香和酒的香味。

“开场白”是爆竹声。我从来没见过这么长的鞭炮

乡村宴会

串。引子铺在百米外的田间小路上，点燃后，一路“劈劈啪啪”，带着硝烟和火光，直奔池塘边的电线杆下，最后一声震耳欲聋。红色纸屑伞一般张开，撒落。全体客人热烈鼓掌。

主人樊和萃现身，樊走在前，右手的拇指和食指竭力张开，捏紧一大沓纸币，都是百元钞。他从我身边经过时，把纸币抖抖，轻声对我说：“六万。”这是“衣锦还乡”交响曲的华彩乐段。樊的太太的手袋里还有一叠红包，每一封盛美钞一百元，是为高中同学准备的。出于砚谊也好，作为对远方来客的酬谢也好，那一群获得特别待遇，但又不宜让全体看到差别，所以这样做。樊在每一桌前停下，大家站起来，樊以最灿烂的笑容，最豪迈的手势，给每一只伸过来的手掌放上一张。大家不迭地道谢。他和萃谦虚地说，该感谢的是你们，来偏僻的村庄，面子给足了！

站在我旁边的阿国，也来自旧金山。这位唐人街新一代侨领的代表，名字频繁出现在中文报纸《社区新闻》版面的活跃人物，是唯一把“利是”退回去的客人。我疑惑地看着他，他从西装内袋掏出另一个红包，解释说，这是萃刚才见面时给的，让他转交年过九十的母亲。“不能领了又领。”他说。原来，早在四十年前，阿国的妈妈和少女时代的萃在家乡已建立很深的交情。萃的父母很早去了香港，留下萃和姐妹三人在家乡，阿国的妈妈担当了半个妈妈的角色。萃感念至今，常托阿国给老人家送钱。阿国述说时，语调得意。和主人的交情非同一般，自然值得炫耀。我欣赏他的不贪小便宜。

暮色悄然低垂。樊氏夫妇轮流走近各张圆桌，激起一个个快乐的“漩涡”。大家和主人一起，举起酒杯或茶杯，祝福与感谢之声交错，碰杯声不绝。想起时运不济的北岛，把碰杯喻为“梦破碎的声音”；此刻，主人豪迈的一碰，却是“美国梦”的丰盈果实落地的沉实之音。响声激起我的灵感，想起“四个字”——衣锦还乡，自问：这不就是一代代金山客终其一生的追求吗？

入夜，天穹苍茫。碉楼的黑影如剪纸。临时架设的强光灯从四角照射黑压压的人头。这样的宴会，村民的本色表露无遗，放肆地劝酒，斗酒，笑闹。天真的小狗在桌脚下蹭背，却不理会满地的骨头，太饱了。樊氏夫妇出手大方，所订的菜，是规格最高的。于是，我们吃到在异邦想念不已的家乡菜肴。“潮境萝卜”是被我推为“邑内第一”的，其鲜嫩举世无匹，传说人把脚踩下田垄，三十尺外的萝卜即应声爆裂。清水煮，不需任何肉与佐料，口感不可方物。席上放上一大盘，一块块大如婴儿拳头，为了这里离产地潮境不过数里之故。眼明手快的专业服务员，陆续把菜送上，引起一阵阵欢呼。大江的风鳝、汶村的五味鹅、广海的狮子头、深井的大生蚝、咸虾蒸猪肉、三黄鸡、莲藕丸……本市电视台上以“舌尖上的台山”标榜的招牌菜，都堆在眼前。正餐之后，有象征“发财”的发糕，以及每年“三月三”牵动海外台山人乡思的“乌芹藤糍”。

九时许，宴会结束，人们散去。村落回归幽暗的宁静。排排车灯隐没，巷子深处吠声如豹。

三

坐友人的车离开村庄，刚才被激发的思绪开始翻腾。

关于连根拔起后定居海外的移民，其漫长的生途与心路，我写过一篇题为《三句话就是一生》的随笔，全文在下：

父亲节的午间，坐巴士往唐人街，参加一个和父亲节无关的聚会。巴士行近唐人街，一位持杖的华裔老先生艰难地上车，坐在老人专座上。两个站以后，一位白净的老太太上车，见到前者，亲热地打招呼，坐在他旁边。他们说话之前，我猜那位女士是台山人，说到根据，则是只能意会的直觉——家乡来的女人，脸相与躯体似乎有若干特征。果然，他们热络地说起台山话来。台山方言极为复杂，我可以凭口音猜到籍贯，具体到镇那一级。眼前这两位，口音完全相同，该是潮境一带的同村或村庄相邻的乡亲。旧金山市台山人众多，这两位老人家，即使交情没有深到三天两头联袂上茶楼，每年也至少见上几次，在同乡会的春宴、婚礼、葬礼一类活动上，所以，“两眼泪汪汪”的滥情场面是没有的。然而，他们的交谈，触动了我的心。尤其是其中的三句话。

第一句，老先生问女士：“家里人都来了吧？”第二句，老先生在双方谈过几位乡亲的近况以后说：“都这么捱过来了。”第三句，老先生谈到自家身体状况时说的：“我什么也不想，今天上床睡觉，能醒来，下得了床，再想明天的事。”

三句俚俗闲话，把“老金山”的一生勾勒出来了。第一句是人生理想。早年的移民，终其一生，最大、最迫切的愿望是团圆。但是，回老家探亲只是治标，把所有亲人都弄到美国来，让家族在全然陌生的土地绵延，才是

"异国一世祖"至为顽强的抱负。为了这个梦，他们一边拼命赚钱，存钱，一边找律师办申请。在内地闭关锁国的年代，无法可施，只能鼓励亲人偷渡到香港，再以难民身份来美。改革开放以后则以走正道为主，以假结婚和"屈蛇"（偷渡）等歪道为辅助。艰难曲折之中，夹杂着多少期许和筹谋，钻营和牺牲。第二句是人生写照，一个"捱"字道尽游子漫长的奋斗。初来时不通英语，备受歧视，很少接受教育的机会，在底层靠工时超长的拼搏，年复年地熬，才打下根基。成为讽刺的是，侨乡百姓绵延至今的传统是：不出国不算找到"出路"，一代代业已落地生根的移民，宁可耗尽积蓄也把乡中亲人弄出来，为的不是有福同享，只是有苦共"捱"。尽管世道常变，治乱更迭，出国潮有起有落，但台山人的深层心理之中，这样的硬道理一脉相通：走出去，"捱"是值得的。第一代苦是苦些，从下一代起，日子就好过了。第三句，指晚年心境，过一天算一天，不预支忧虑。风烛残年，他的人生成了摇曳的微焰，命运则是无定的风。

我继续听下去，收集到更多信息。老先生今年八十一岁，"六十二年没有回去过"。世故的女士没刨根问底，我猜，他十九岁出洋。悠悠岁月，他把乡愁压在心底，拒见家山。其因由，应不是没钱买双程机票，而在于别的方面，比如，家乡的亲人遭了罪，惨变对他造成极为深重的伤害，他不敢面对冤死的父母的坟墓。"过去在一起的，走光了。”老先生又说。“在一起”，可能指一起“上埠”的乡亲，一起出生入死的袍泽，一起打工的伙伴，一起打麻将的牌友，他们已成古人。我看他把拐杖的手，布满青筋，皱纹触目，微微颤抖着。“我也七十了。”女士说。我看她的脸，依然圆润，表情的淡漠，似乎老下去的是别人。

巴士在唐人街停站，两位老人挪下车去。我忙于把三句话温习几次。

目击樊氏夫妇派“利是”，我把“三句话”再作提炼，缩为四字成语：衣锦还乡。

“衣锦还乡”一典出自《史记》的《项羽本纪》。项羽功成名就之际，说：“富贵不归故乡，如衣绣夜行，谁知之者！”许多年前，有感于若干一辈子在唐人街廉价客栈租住单房的“老金山”，因没赚到足够的钱，不敢回乡，哪怕万里之外的家有倚闾的母亲，有只在结婚时相聚过的妻子以及领养的儿子，我提出折中之法：“衣锦还乡”并非难事，只要归人穿得体面一些，比如，在美国专卖二手货的店铺买几套“三件头”西装，加上一只怀表，系表的镀金链子务必从上衣口袋露出；三接头皮鞋，因抵家门时蒙上万里长途的尘土，人们才没有功夫研究足下是不是意大利名牌；至于实质性问题——有没有带上教乡亲侧目的金条，那是归家后关上房门才开始讨论的私密纠葛。

后来，我阅读史籍，才略略明白，除非归来以后刻意与乡亲隔绝，成遗世独立的隐士，发财是必须的。“近乡情更怯”这一古色古香的“人情之常”，在侨乡有特定的诠释——如果“衣锦”不成，近“乡亲”情更怯，乃势所必至。

四

自从1849年美国加州北部发现含金量奇高的沙土，淘金潮兴，一年之间，滨海小镇“圣弗朗西斯科”的人口从八百膨胀到五万。由于劳工短缺，从中国南方特别是广东四邑（台山、开平、新会及恩平四个县份）地区输入上十万被称为“猪仔”的劳工。他们从旧金山的码头登上新大陆，单1852年就有二万多人，小镇升格为中国人口中的“大埠”。从此，台山成为旅外乡亲人口最多的县份。在美国的中国人中，以县份算，台山人稳居第一。截至二十世纪五十年代，台山方言就是“中国话”，不会听、不会说台山话，会被“老金山”讥为“唐人不讲唐话”。

从十九世纪末期起，台山人在美国的生活方式是固定的——拼命赚钱，存钱，过最简陋的日子，不在当地置业，只有一门心思：返“唐山”。运气不错，有经济能力的，一生返国也就两三次。“回去一趟”，台山话叫“返一派”，间隔至少十年，大抵是：建新房、娶老婆一“派”，为儿子娶媳妇一“派”，最后一“派”是落叶归根。不管次数多寡，每一“派”都被游子自己以及家乡亲友视为人生至关重要的高潮。

且描写一个具典型意义的场面。时间是二十世纪三十年代，二战爆发之前。美国西太平洋邮轮公司的蒸汽轮船，定期从旧金山横渡太平洋，在日本横滨加煤，终点是香港，全程用了三十天。统舱的乘客清一色是金山客。除了垂垂老矣的归人，仓库里还寄放着二三十具中国人的灵柩。辞世于异乡，骸骨务必归葬于故土。中国内地乘客在香港码头登岸，办理了手续，入住旅馆，和从家乡前来迎接的亲人会面，再一起去码头提取同船抵达的金山箱。

千万别小看他们在旧金山打造的大木箱，尺寸各异，长三四尺，阔两三尺，高二三尺，共同的特征是坚固，所有边角裹上铁或铜片，箱身遍布铆钉，两侧钉上铁环。大海巨浪和辗转搬运，怎样摔打都不会散架。

然后，金山箱由雇来的“疍家船”沿潭江运到三埠镇。早已约定俗成的“还乡”仪式开始。金山箱以“金山绳”捆绑，村里派来的精壮后生，每两人以粗大竹杠穿过绳索抬起，前面有一人开路。金山箱越多越有面子。戴巴拿马帽、西装革履的金山客被村人簇拥着，也许腰身伛偻，向宗族的长老鞠躬时显得不自然；也许手太粗糙，与人相握时让对方感到与做田一辈子的老农无异，然而，喜气洋溢在眉梢间、嘴唇旁。一路走过来，“×叔”“×公”的呼唤此起彼伏，族内晚辈所娶的媳妇膝盖半屈，叫

先侨从美国带回的金山箱

一声“大老爷”。一路上少不得别村赶来看热闹的闲人，一片喧哗。金山客被最浓郁的乡情包围着，村口榕树下挂的鞭炮，那硝烟就是乡情的味道——凶猛过分，却和游子汹涌的思绪合拍。金山客正向乡亲挥手，有人从人堆里冲出来，吼叫：“生鬼财，还认得我吗？”双方紧紧握手，正要略道别后情形，金山客却被拉走。难怪主事者，这么耽搁，猴年马月才到家？金山客一边回头一边说：“改天饮茶！”

这一类还乡故事，肯定成为四乡老百姓煤油灯下的谈资，也会在侨刊的“本族动态”栏留下“旅美富商×××先生荣归故里”的报道，因“族繁不及备载”，每一位只占两三行。然而，那气势总叫我想起欧阳修作《相州昼锦堂记》的情景：他交出了稿子，带稿子的人早已上路，他猛然想起开头两句“仕宦至将相，富贵归故乡”必须改动，立刻派人骑快马去追赶。卒改成这样："仕宦而至将相，富贵而归故乡"。为什么要加字？美学家朱光潜先生指出："我们如果把原句和改句朗诵来比较，就会明白这两个'而'关系确实重大。原句气局促，改句便很舒畅；原句意直率，改句便有抑扬顿挫。"我却以为，非如此无法将意气飞扬诠释到位。风光之极的"归故乡"之路，谁愿意一下子走完？"而"越多越好。

进家门，在厅堂的太师椅上落座，晚辈排着队敬茶。邻里络绎而来。屋子是"老金山""上一派"还乡时建的。青砖大屋，坤甸大门，堂皇是堂皇，这么多年却只有太太和养子住，除了年节，总是冷落。今天，门前铺的鞭炮纸屑足有三寸厚。主中馈的太太略施脂粉，穿足以显露身份的绸缎凤仙装忙里忙外，指挥妯娌的声调异乎寻常——比平日高，微微颤抖。

女主人，乡人口里的"金山婆"，已进入暮年，名副其实的"老婆"，但于归人却是第一次见面的"新人"。三十多年前他们成亲之际，她是明媒正娶，花轿抬进村的新嫁娘，新郎却在金山，因太遥远，耗费过巨，无法回家。与新娘子一起拜天地的，是一只雄赳赳的公鸡。婚后，在旧金山当过菜农、厨师、园丁、送货工的男子，不曾回乡一"派"。其原因，在家书中写为"生意忙碌，无法分身"也好，"找不到替工"也好，"身患小恙，幸无大碍"也好，即使是实情，也掩盖着实质性原因：钱不够。还乡一“派”要制订怎样的“财政预算”？不单止养家活口的开销，也不单涵盖建新房子、替儿子说一门媳妇一类大事，而是维持全方位“体面”所需的美钞。

“体面”也叫“排场”，是弹性大的字眼。金山箱十口，进村时抬箱子的排成一里长的队伍，禾塘上搭大“篷厂”，摆上百桌的流水席，给每个亲友发一个大红包，固然是教方圆十里内的村民轰传的佳话；小范围摆酒请客何尝不是？

我有一本《最新金山歌集联集合刻》，是痴迷于收集华侨文物的旧金山文友送的，直排，宋体字，初版印行于1917年11月，手头这本是1921年的第二版。彼时的“手民”须在铅字架上操作，这一本排版和印刷的质量堪称上乘。印刷者是“金山正埠发明公司”，定价一美元。著作者为“金山各大文豪”。其中有一首：

旅美经久耐，离情触感哉。喜逢泰运获鸿财，正偏两途大有彩。益心爱，随时返粤海。久别家人今相会，天伦得遂笑眉开。

诗中的“偏”财，系赌博所赢。国人以嗜赌闻名天下。“苦力”们把千辛万苦所得投入唐人街的“字花”档、“牌九”档的动力，就是“捞上一把，然后风风光光地回家”。

《最新金山歌集联集合刻》

有一乡俗，似专和伪装有钱的金山客“过不去”，而使具实力者获“所传非虚”的美名的，就是“晒箱”，土话叫“瞄银窑”。金山客到家，休息几天，择日举行。远近亲戚衣着光鲜，挑两个画上花草并以红漆油写上“金玉满堂”的扁圆“去村篮”，里头盛着家里赶制的煎堆、鸡笼、大龙金、松糕，以及从墟里买来的三牲，即鱼、红烧肉、加上篮旁所挂小笼子里的大阉鸡，聚集在金山客的家。先摆开供品，拜祭祖先，然后把糍糕切成小块，以托盘盛着，派出前来帮忙的众妯娌，逐家逐户走遍，名为送糍糕，实是发布消息：“瞄银窑”快要开始。

屋内的大厅（俗称“厅底”）里，引起村民无限好奇心的大箱子，被郑重其事地打开。众目睽睽之下，金山客

“衣锦”的含金量，不说全部，也大部分呈现。衣服、布料、糖果、饼干、香皂、牙膏这类送礼必备品外，还有琳琅满目的“洋货”——铝饭锅、铜水煲、平底锅、脸盆、熨斗、菜刀、锯子、自鸣钟、剪子、雨伞……名目繁多。劈斧的柄光滑无比，羊角锄带缺口，铁喷壶表面凹凸，军用雨靴底部近于磨平，都是“老金山”在异国用过的。箱子大，填满不易，金山客行前去专卖旧货的跳蚤市场，买一大批最便宜的西装，回来分送亲友。于是，抗战胜利后的台山县城，许多“假洋鬼子”招摇过市，穿裤头和裤腿奇阔的唐裤，以及质料和做工不错但不大合身的厚绒“夹克”，这类极一时之盛的“时装”被称为“金山装”。

被越来越多的归人行前放进金山箱的，还有美国制造的“华利波”（排球，英文volleyball的音译）。橙红色的皮制球，为节省空间，气放掉了，还有球网、打气筒。这些舶来品，成为台山城乡无处不在的“排球热”的滥觞。不消二十年，台山成为“中国排球之乡”。

我的外祖父出洋二十年，1947年从旧金山告老还乡。我父亲作为他的独生女的丈夫，往香港迎接。父亲这样描述泰山大人带回的四口金山箱：一口全是洋蜡烛，长短粗细、各种型号齐全。因他启程前听说家乡没电，煤油也短缺。本来要带几大罐“美孚”煤油，但易燃物不能托运。带上这些，足够用上好几年。另一口装的全是腐乳，总计一百多瓶，牌子划一——“和合”，那是他在旧金山唐人街企李街所开的“和合”腐乳店自制的。以在花旗国制造的纯正土产作为分赠乡邻的礼物，一来廉宜，二来足供炫耀。第三口所盛全是固体牛油。牛油又称黄油，洋人涂在面包上的乳制品。为什么带上这么多国内不流行的东西？父亲说一直不明白，唯一的解释是：外祖父吃惯美式早餐——涂上牛油的“吐司”，知道国内买不到牛油。牛油放在从旧金山开往香港的蒸汽轮的货舱，海上颠簸一个月，既没融化也没腐败，是何原因，无人能解释。外祖父住下以后，才晓得住处所在的公益镇，并没有卖洋面包的店铺，牛油成了“和尚的梳子”。后来，父亲把全部牛油出让给茶楼。厨师将牛油和花生油混合，用来炸春卷、咸水角、咸煎饼，卖相和味道俱佳云。“切题”的只有第四口，盛着衣服、家用器具和给亲人的礼物。给我父亲的，是一块“西铁城”小三针手表，一套西装。给我母亲的，是全套化妆品带工具，还有香水、肥皂、衣服。

并不是所有金山客都有资格摆阔，寒酸一族自有因应之法。乡中流传这一传说：一老人从金山回到家，端坐客厅内，三个媳妇遵古礼，轮流下跪，给他奉茶。他给每一个茶盘放上一枚黄灿灿的金元。媳妇们手拿贵重的礼物，喜极而泣，咱家老爷可是腰缠万贯哟，要不，出手怎会如此大方！老人所带回来的金山箱中，有一个体积很小，加上坚固的洋锁。箱子放在床边，钥匙随身带着，须臾不离。他召开家庭会议，公布遗嘱：箱内所藏，乃他最贵重的财宝，死前严格保密，将来他要交给“待他最好”的晚辈。于是。三个儿子以及他们的媳妇展开竞赛，变着花样，从衣食住行到言谈、娱乐，都以“讨老爷子高兴”为出发点。老人身故以后，遵照遗嘱得到钥匙的那一位打开箱子，里面只有换洗衣服。

五

“衣锦还乡”四字，凝聚移民的光荣与梦想。它包含两个部分，首先是：能不能“还乡”，怎样“还乡”；其次是：能不能“衣锦”，“衣锦”到哪个层级。尽管上述场面，淋漓尽致地诠释了“金山客，掉转船头百算百”的民间俚语，但为数不少的游子有家难归。直到二十世纪八十年代，中国改革开放已开始，新移民涌出国门的年代，唐人街客栈一些廉价单房，领微薄的救济金或养老金的资深住客，家乡也许有亲人，逢年过节他们也往家里汇出为数不多的钱。镇上侨批局送汇款的办事员的单车铃声在家门口响起，饥寒交迫的邻居会又羡又妒地说：“人家有南风窗多好！”他们却不愿、不敢回去。

为什么？私人的理由千差万别，归纳起来，主要是“衣锦”不够格。那么，“偷偷回去”如何？这样的例子，见于美国马萨诸塞州记者依据亲身经历所写的报道。这位记者，名叫拉塞尔·康威尔，1870年，27岁，正乘坐美国太平洋邮轮公司的蒸汽轮“美国号”，从旧金山途经日本横滨往香港。那是乍暖还寒的三月，他站在上层甲板上，一群入住统舱的中国人，坐在他旁边。他笔下的情景是这样的：

怀着些微忧虑，望着福州一带的中国海岸线，这就是船长说的，我们越来越靠近的地方。一大帮中国苦力从统舱涌上来，为的是要看最先出现的陆地。他们去国以后，在加州待了很久很久了，终于看到故国的岸。几个人问我：“这是中国吗？”我说就是，他们发出微笑。然而，其他人冷冷地坐着，竭力抑制自己，不露出任何表情，一个劲地压低声音谈话。悬崖近了，更近了；拂晓时分的天光益发明亮，空气益发清澈。他们依然不动声色地坐着，都对别人的举止毫不在意。

更有甚者，直到船近得连海湾里的垃圾和岸上耕作的身影都清晰可见，这些万里外的归人，脸上依然木然，连起码的好奇心也阙如。

经过现场采访，年轻的洋记者找到谜底：即将重履故土的中国移民，最大的心病是：多年音问隔绝后，他们可能面对家散人亡。

这位记者和操不流利英语的中国人交谈，还发现，他们还乡，采取与衣锦还乡截然相反的方式。这几个劳工去国已八年，家乡是邻近广州市的一个村庄。当年出国是秘而不宣的，免得本地差役为难家里人。当初被迫离开，原因是：“那些差役老是无缘无故地拘拿我们，那些税吏老是拿走我们的米粮和衣服，地主扣下我们的收入，而且，我们怕被政府抓去当兵。”这一次，他们上岸后，打算“晚上偷偷地回家”。记者问，如果被发现，你们怎么办？回答是：“就好像我们之前做的那样，贿赂差役，然后逃走。”记者又问，这样回家，感觉如何？苦力说，当然不好，但是将来只要有可能，还是会再回去。接下来是这样——

问：“你们爱中国吗？”

答：“是的，可是我们打算在加利福尼亚生活和终老。”

问：“但是，加利福尼亚待你们也不是很友好呀！”

答：“是的，有时候。但没有我们在家乡那么严重，而且我们可以赚更多的钱。”

这一场面的背景是一百五十年前的1870年，为清朝的同治九年。六年前，天京陷落，太平天国灭亡。这一年中国天灾人祸迭起，六月，发生屠杀洋教教士及教民的天津教堂惨案；七月，发特大洪水。国际上，普法战争爆发，美国的国民生产总值首次超过英国。美国宪法第十五修正案通过，给予黑人投票权。

六

我的思绪从浩渺的历史烟云回到今天。

摆宴席的禾塘旁边，是主人樊氏夫妇的祖居。鹤立鸡群的豪宅，风格为中西混搭，高四层，罗马式圆柱，椭圆阳台，材料和做工无疑是上乘的，落成至今二十多年，外观如新。紧贴它的一栋青砖老屋，该是老一辈金山客所建，高度与它接近，当初该也雄视八方，墙面旧出沉实的底气。坏就坏在近十年所建的附加小屋，颓败的乌黑色，在芳邻的映衬下更显寒伧。

主人早就告诉我，这房子，是他在美国设计的。他虽然没读过大学的设计系，但建筑是一辈子的专业，平生的美学理想与乡情，加上在加州所见的好看式样，都融合起来了。大理石砌的门廊，左侧有刻石的楹联“物华天宝集千祥”，及剥落的春联“出入平安事事成”。右侧刻石楹联被春联覆盖，无法辨认。

我从左侧的螺旋形石梯登上二楼。从墙壁到地板都纤尘不染，可见乡亲为了迎接主人归来，作了一番彻底的打扫。玄关、卧室、客厅、洗手间、储物间、走廊，设计无疑是齐全的，不多的木沙发、茶几、床头柜，但没有床铺，更没有窗帘、被褥、毛巾。

不是没有引人注目之处，大客厅的墙壁上，悬挂着十一个镜框，框内嵌着房屋的彩色照片。每一幅拍下一栋，照片下有手写的注解，如：1872 25th Avenue、29 Anza Street、2331 Clement Street、625 Fell Street。并非匠心独运的“艺术照”，没有出过国的村人草草看了，以为拍的是平实的风景。知道底细的人才明白，这些房屋都是主人在旧金山的财产，但并未涵盖全部，因镜框是十年前挂上的，没有更新过。到2019年，他们名下的实业，业已增加到十三栋，规格不一，多数是每栋含两个单位的“夫列”，少数是单家庭住宅，有一栋公寓大厦，含十一个单位。更要提及的，是墙上缺席的“大手笔”——2002年与五位合伙人（二位华裔，三位白人）联手，出价475万美元，购下旧金山商业区一栋办公大楼，总面积四千多平方米，连带三十四个停车位，长期出租给市“人力资源局”。这一建筑物最近的估值超过一千万美元。

我登上三楼、四楼，都是空荡荡的。站在四楼外的阳台上，视野开阔，远处山岚微蓝。刚刚收割了晚稻的田野，懒洋洋地偃卧在淡白的日光中。这就是出国前樊出生和长大的家乡。远方，池塘旁竹林掩映处，一条村路若隐若现。1977年，二十四岁的樊——公社木器厂木模车间的小学徒，告别母亲，去了香港。

如果他不曾跨出这一步，如今以垂老之身，靠着村头大榕树的气根，晒一样的老太阳，是另一种局面。而在出港难于登天的年代，他能够离开缺少生气的出生地，全靠母亲“撒泼”的功夫。樊的父亲在香港去世，樊以“赴港继承遗产”为理由向公安局递交申请表。且想想，台山人申请去香港的，每年成千上万，而名额极为有限，几乎所有申请表都压在出入境办事处。樊的母亲是一介农妇，个子矮小而活力充沛，不但会种田、养牛和养育儿女，还看准政府机关的软肋——怕人闹事。她无所畏惧，每个墟期，都走路或乘公交车，到十一公里外的县城，在公安局门口赖着。她自己的说法是“反映情况”，官方则目为“静坐示威”。她拦住所有进进出出的“公家人”，诉说苦情，声泪俱下，高潮处倒在地上，捶胸狂嚎，引来不少围观者。每五天一次的大闹，终于惊动了局长和分管公检法的县委副书记，他们皱着眉头，不耐烦地质问办事人：“怎么搞的？”那时，“四人帮”刚刚倒台，但“无产阶级全面专政”仍然是主调，公安局对貌似愚顽的农民却无计可施。最后，科长出面，弯腰对躺在地上的农妇说：“不要哭了，把姓名地址告诉我，回去等！”“等什么？”“非要说白呀！难道等逮捕证？”有了这一句，响遏行云的哭声停下，她回家去。一个星期以后，等来了儿子出港的通知书。

二十八年前耗资60万人民币建的房子，虽落成后不久，樊氏夫妇回来，举行过隆重的“入伙”仪式，此后回来不止二十次，名副其实的“祖屋”却没住过一晚。这是可以理解的，与其劳师动众，置办寝具，请人清洁，不如入住十公里外三埠镇的“半岛”，那家五星级旅馆面向潭江，视野和美食足以诱人。

这么说来，祖屋永远以“人去楼空”为唯一标志？未必。不必说主人指定的代管人，一年中总要抽出几天，把全部门窗打开，让春风、秋风吹走霉气，照进阳光。燕子怎么也算得上“半个主人”，这种候鸟春夏两季驻守于此。

我进门前已看到黄泥垒的燕窠，筑在屋檐下门楣的正上方。想起隋朝诗人薛道衡的名句：“暗牖悬蛛网，空梁落燕泥。”前一句，放在代管的乡亲前来清扫屋子上下内外之前，自然贴切；后一句是眼前所见——窠缺了一角，泥落在阳台，但早就进了清洁工的垃圾桶。严格点说，“梁”都在屋内。王鼎钧先生的散文名篇《吾家》述及：“总有需要关门加锁的时候，所以，客厅的门框上面，门楣下面，预留一条五寸宽的空缝，供燕子出入，称为‘燕路’。每年春天第一件大事就是清理燕路，把防风避寒的材料取出来，不敢慢待来寻旧垒的远客。”文中描写的是山东兰陵。岭南珠三角的村屋有天窗，不必顾虑。我在阳台上仰头看燕窠，直到脖子发酸。

今年，在燕窠丢空的冬季，另一种“候鸟”——樊氏夫妇及他们的儿子媳妇孙女回来了。1949年后，特别是改革开放以还，沧桑人间，王谢堂前的燕子和寻常百姓家的燕子，已七颠八倒，难以按老尺度分类。侨乡的农民所怀的一个信念倒是很少变异的，那就是对“走出去”的憧憬。而已出去的，几无例外都是“燕子”，只要他们拥有撑得起面子的“衣锦”。

七

从宏观着眼，“衣锦”与“还乡”可拆为两桩事——前为准备，后为实行；前为因，后为果；“衣锦”指骄人的经济基础，没有它，“还乡”只能灰溜溜，静悄悄，成终生之憾，或难以启齿的耻辱。

樊是我的多年朋友，在旧金山过从甚密。且从这一个案入手，温习“新移民”（即从改革开放开始的1978年至今移居美国的中国内地人）的奋斗历程。他1953年出生于家乡，母亲靠养两只牛牯为活。1972年，在公社办中学的高中部毕业。“文革”未完，无大学可考，务农赚的是“大寨式”工分，每天只得几分钱乃至负数。幸亏他进了社办农械厂。木模工是高级木匠，三年下来，他练得一手好手艺，为一生事业打下根基。

樊申请去香港的理由是“继承父亲遗产”，成为讽刺的是，他父亲长期染上吸毒的恶习，一贫如洗。樊的大姐与父亲一起生活，难以忍受，跳海自杀。潦倒之极的父亲死时，樊刚刚到港，立脚未稳，向亲戚告贷几千港元，才将他入殓。

樊找到的第一个工作，是木作。小厂子的老板问他会不会，他当然说会。按天算，工钱20元，少是少，但附带的优惠具吸引力——包住宿。他自从在摩天楼遍布的湾仔落脚，因举目无亲，每天到傍黑心里就发毛：在哪里度过漫漫长夜？如今好了，夜里收工，在“铺尾”把木板拼起来就是床铺。木模工制餐桌、茶几是大材小用。可是樊从前看的图纸都是公制，眼前的却是英制。老板要他去拿一块四分厚的三合板，他怕露馅，先偷偷用公制尺子量，再把厘米折为英寸，老板看他磨磨蹭蹭，冷笑说：“大陆仔，连最基本的都不懂，好意思夸口！”才两个星期，就把他辞掉。好在，这等常识难不倒“醒目仔”，很快，他成了熟练工，跳一次槽涨一次工资。到第四个月，日工资升到35元，四个月后拿到40元。

这一年樊二十五岁，身体本来不错，但斗不过严酷的新环境，有一天趴下了。有什么办法呢？小作坊前面是店，后面是窄小的工厂，每天熬到铺子打烊才能收工；不到深夜不能在凹凸不平的临时床铺躺下。长期睡眠不好，伙食也马虎，营养不足，重感冒乘虚而入，折腾好几天才痊愈，但落下见风打寒战的毛病。有一天工休，他独自在维多利亚公园转悠，路旁一张长椅空着。来到香港这么多天，没睡过像样的床呢！在长椅躺下，不一会，有人走近，摇醒他。是穿灰色制服的警察，一脸公事公办的冷漠，向他呵斥：“起来！”他说：“我有病。”“阿蛇”

说：“有病就去医院，公园里的椅子，只能坐，懂吗？”

用不上一年，所有家具，樊不但能制作，且以手工精良获得上至领班、老板、客户，下至伙计的好评。他看时机已到，便向老板提出不再当日工，对大工的70元日薪也不在乎，要承包。接下的第一宗外判活计是做碌架床（双层床），在客户家里拼装。他凭做木模的根底，根据目测把床板预先锯好，省下一个工序。老师傅见了，为他担心，开玩笑说：“阿灿，到时尺寸出错，有你的好戏看。”可是，事实证明他做对了。樊说：“牛角唔长唔过岭。”

樊的薪水渐渐多起来。一方面，他负起供养母亲和姐妹的责任，以“保证家里每天有两元人民币的生活费”为标准汇款（那时家乡的白菜每斤三分钱）。另一方面，努力存钱，为将来做准备，却遇到一个难题：没地方放存折，只好在小作坊的秘密角落挖个窟窿，把用塑料纸层层包裹的存折塞进去。后来，他和一同乡合住一个单间，月租280元。从大工到领班，他一路升职，来港两年后，成为装修行业的优秀人才，经手的项目，有高级餐厅、酒吧、写字楼、酒店、豪宅，月薪达到一万元。二十世纪七十年代末期，这数字，只有中上阶层白领才拿得到。

1979年春天，萃从家乡赴美，几个月后，领到绿卡，随即不顾家人的反对，毅然飞回香港，牵起樊的手，走进铜锣湾的婚姻注册处。1981年年底，樊到达旧金山。夫妇携手创业。三十九年过去，且为这一对拥有三个优秀儿女的夫妻作一小结，以名下的实业算，总值在五千万美元上下。遥想当年，在香港开始蜜月之际，新郎官吐露一个心愿："到了花旗国，要赚一亿元。"指的是港币，早已超过三倍。改革开放四十年，台山人赴美定居的超过二十万，获得这样成就的屈指可数。

他们是怎样做到的？饱经世故的文学大师王鼎钧先生在晚年慨叹，成功人士不吐真言，指的是以见不得人的手段抄捷径的一类。但内地新移民，就主流而言，其成功是透明的、正当的。当事者回顾致富史，谈论敛财术，没有必要躲闪，无非是：勤劳加节俭。

樊当建筑工，从来没改行。经四十多年实践，只要是归入"装修"名下的活计，从木作、水管、电器、油漆到电冰箱、热水器的安装、维修，连同白蚁防治，无所不精。孩子幼小的年代，萃背着婴儿，带上电饭锅，当丈夫的后勤。如今，樊已过六十六岁，依然从早上忙到晚。不退休，不是为钱，而是"迄今未找到比干活有趣的消遣"。他的工具车，高度和里面的复杂都引人注目。里面的零件、材料，未开封的、二手的，成千上万，随意堆积，外人看来像垃圾箱，他却一下子找得到所要的。

樊具成功者的共性外，另有个性。且举实例：

二十世纪八十年代，樊和妻子每到春节临近，便去摆摊卖桃花。那时，中餐馆的洗碗工，一个月税前工资六七百元。这夫妻档辛苦一个星期，半夜驾车到东湾的山区砍桃枝，载到旧金山唐人街，卖给办年货的同胞，赚五千元以上。到一个陌生地方，砍私人土地上的桃枝，不花一个子儿，主人不但爽快地应允，还给予祝福。“猜猜，我给桃树的主人什么样的理由？”樊向我卖关子。我沉吟，尽管此种桃树不结可吃之果，也不会成为建材，但属私有财产，不经允许而动刀，可能挨控告。最大的问题在于不花钱，手上毫无筹码。偏僻之地当不速之客，贸然上门，而况又是英语带口音的异族，对方已怀警惕。主人可能不耐烦，必须在30秒至1分钟内把人家说服。我想了好一阵，不得要领。

樊揭开谜底：“我在桃树林附近轻敲主人家的门或窗户，对方只会打开指头宽的门缝听我说话。我诚恳地说，中国新年快到了，它一如你们的圣诞节。中国人社区庆祝新年，离不开桃花，一如圣诞节少不了圣诞树。你们的桃树长得真好，如果允许我砍一些树枝，带回去给我的同胞，不但我们，连您的家也添上喜气。”

樊说，他砍桃树砍了多年，持这一理由，无往而不利。出于深思熟虑也好，出于直觉也好，这理由好就好在：一、从宗教入手，唤起同理心；二、以圣诞节入手，激发同情心；三、最后一句点明，施者也获益，皆大欢喜。

以下例子，说的是樊的自制力。

二十年前，樊一家住二楼，楼下由一对内地来的年轻夫妇租下。男租客在深圳做和旅游业相关的生意，由于能买到廉价机票，回旧金山颇频繁。有一回，女租客在门口，交叉双臂看着樊埋头修剪过道旁的盆花，悄悄说："我老公下午回国去了，今晚你下来，好不好嘛？我等着！"娇滴滴的，樊听了，打个寒战，没有答话，这般单刀直入的调情，他没见过。

当然，那晚上没"戏"。樊笑嘻嘻地把经过告诉太太，事情画上句号。不是没有余波，朋友们在茶楼，拿它作话题。樊说："我那一次要是'下去'，今天我就没法坐在这里了。"

直到2019年，萃和丈夫一样，生活以"忙碌"为主旋律。每天早上五点起床，当两个孙女的保姆，晚上十一点才就寝。他们最热衷的消闲是回国，与老同学一起旅游，而回到村里宴请亲友，从来是重头戏，业已举办多次。

八

为什么从淘金潮到新世纪，"衣锦还乡"是第一代中国移民的人生目标呢？

从大的方面看，主要导因有三：

一是乡愁。出生和成长在故国，然后走出国门的群体，对生养他们的一方水土，依恋是天然的。不知多少在美国活了大半辈子的台山籍老人，你问他们最后的心愿是什么，回答是：在村后的山坡上打几个“猪屎碌”（土话，意为前后滚翻，以“猪屎”名之，可能指坡地虽有秽物，但不计较）。与这一卑微愿望相对照的，是著名画家陈逸飞先生所道及的“自己脑海中最深刻的生活画面”：“小时候，在楼梯口，等着爸爸带上彩画报回家。”这就是“三岁定八十”。

乡愁是家乡这“根”所衍生的枝叶。“村庄”“宗族”“祖家”这些传统观念，经还乡得以重温、加浓。“衣锦”就是回报。具体到樊，“千万不要忘记自己是从哪里来的”，母亲这一叮咛不敢稍忘。他记得矮小的母亲挑重担时汗水湿透的背部，那年他十二岁，独自坐花尾渡去广州看舅父。此前，母亲挑了两箩谷子，到镇里的粮管所换成粮票，塞进小樊的内袋，加上扣针。数十年过去，母亲临终前，住进旧金山一家疗养院，因器官衰竭，无法咽下食物。樊每天去病床前，花三个小时，一小匙一小匙地喂娘吃早餐，让她活到一百岁。

二是成就感。第一代移民，多数在国内时吃尽苦头，贫困的一类，出身于“黑七类”一类，受到普遍的鄙视。种种不堪成为心结，一旦有了条件，就要回去“风光”一次，以洗雪耻辱。马克·吐温在《难以忘却的刺杀》一文中断言：“没有一个人是百分之百正常的，所有人在某种程度是疯子。”“最常见的一种疯狂形式是：渴望被人关注，享受被人关注的快乐。也许这不仅仅是常见的，更应该形容为普遍的。”游子归家，可名之为“巅峰效应”——受关注，受肯定，受嘉奖，受感谢。如果说，万头攒动的场合，密集的镁光灯下，上台领奖，发表感言，是代表、明星一类“高端”人物才有资格享受的“殊遇”；那么，即使在人人可望当上“三分钟名人”的异国，也没有多少出人头地可能的移民，唯一可扬眉吐气的地方是家乡。

三是互相影响。在群体社会，比“蝴蝶效应”更加常见的，是“有样学样”。樊在村里建的大屋，从开始就没打算用来自住，那么，用途是什么呢？是证明——我是村里一分子。巍然屹立的是家族的尊严，个人的成功。成排新屋不住人，在侨乡并非罕见。这是另一类型的“空心村”（“空心村”通常指因房主出国，迁往城镇，死亡，而无人居住的衰败村落），以外观豪华著名。在萃的娘家网地村，我漫步于水泥铺就的巷子，两旁的新屋栉比鳞次，外墙嵌彩色瓷砖，大门上方绘七彩花鸟，加上或雅致或俗气的诗句，如“一潭月影参花影，四面山光接水光”。这是沉默而明显的竞争——看哪一栋最“威水”。不惜工本建造的屋子里，必有一个精工制作的大神台，所供奉的神祇，有“善财龙女”和“孔雀明王”所侍卫的“大慈大悲观世音菩萨”、“江夏堂上历代祖先”、“显二十八世祖”“显二十九世祖”“显三十世祖”的“府君”和被尊称为“安人”的太太们。然而，这些宽敞明亮的屋宇，晚间窗户没有透出灯光，白天门前没有鸡群和懒洋洋的狗，主人们都在海外。他们如果回来，宴客，祭祀，功夫做足，但不在里头居住。

九

禾塘上宴请乡亲，固然是衣锦还乡的主轴，但还有为老同学们而设的续篇——巴士游。这是樊氏夫妇每次回国的“保留节目”，我也参加了。两辆巴士载着六十多人，往渔港方向驰去。我扫视一张张脸，都坐六望七了，除了我及少数几位，都是在国内生活的。车内笑语不断，快乐写在密集的皱纹上。他们虽比我年轻，但经历类似：少年时受贫穷和饥饿的双重折磨。青年时世道丕变，有的成了改革开放的弄潮儿，如那位包巴士的胖校友，是靠开采建筑用沙致富的。都没有上过大学。多数是农村户口，如果没有别的收入，就只能靠政府发放的低保为活，好在温饱不成问题。

我突然想起樊告诉我的故事：

高中时，一位女同学这样给樊送来第一封“情书”——把它夹在数学课本的第15页和第16页之间。这一招绝了！因为昨天的数学课，老师讲到第14页。第15页，就是今天要学的。小女孩在信上写了什么？樊没说。不可能是山盟海誓，也不会是当今流行的心灵鸡汤，该是“昨天你对着我眨眼坏笑，是什么意思？”“你这个星期写的作文，我喜欢”。算出格的，该是“不准再和××说话，她是我的仇家”。这种传送方式，略近于古代把信塞进鱼的肚子。

我没有追问“后来怎样”，颇堪玩味的，是樊从庞大岁月的累积中，单单挑出这两个“页码”，一如潮退以后，在无边无际的海滩拾起并不起眼的小小贝壳。页码所联系的，至少有这样的情节：上数学课，他把“情书”拿起，以书桌为掩护，打开来时的惊奇、激动；他抬头，环顾四周，终于逮到始作俑者，露出一个微笑，或者鬼脸。她伏在课桌上，把脸上的红霞藏起来。下课后，在教室外说不说悄悄话？他有没有回信？回了，是不是藏进她的数学课本第17页和第18页之间？后来的结局近于千篇一律：“连手指也没碰过”。

数学课本里面的情书，说到这里，本该“完了”。不料樊发现重大破绽：第15页和第16页是一张纸的两面，没有“之间”。于是，樊说记忆不可靠，女孩子那封情书，是夹在第14页和第15页之间，还是第16页和第17页之间？难说了。我差点笑起来，旋即对他心思的细密极为佩服。樊坐在另一辆巴士，我没法向他查证这女孩在不在车内。如果在，樊向她提起这一往事，她反应如何？在我这局外人看来，它充满纯美的诗意。

中午，巴士开进海港，在一家海鲜餐馆吃从码头采购的螃蟹、生蚝、扇贝和虾。然后，巴士开往温泉，一群老头子、老太太裸露被岁月摧残的躯体，兴高采烈地泡上半天。我因有事，提前离开，向樊氏夫妇道谢，樊沙哑着透支了几天的嗓子对我说："累到今晚，就大功告成了。"

我拍拍他的肩膀，说："不，衣锦还乡，还要有很多次！"

落叶归根记

一

1985年春天的一天，下班回家，客厅的座机有一个留言，来电者自称“廖杰”，留下电话号码，请我回复，“有要紧事商量”。我和廖杰，虽然从无交往，但大名耳熟能详。廖杰是我姐夫廖朴的堂兄，两人的祖父是同胞兄弟。廖杰和廖朴同村——台山水步镇罗边乡坑口村，廖杰比廖朴长三岁。两人有很多相似处：都在少年时代从家乡去香港谋生。我姐夫随他母亲前往，廖杰却是独闯天下。都在九龙深水埗打工，廖杰当装修工人，廖朴在毛衣厂开织衣机。都在二十多岁时回家乡娶媳妇。那是二十世纪六十年代初，香港的打工仔收入有限，在当地成家不容易；在老家娶妻还有一个传统上的理由：照顾老人。廖杰的母亲和廖朴的祖母都在村里单独居住，年事已高。

廖杰娶的媳妇叫阿芹，我上中学以后，放假时去姐姐家，好几次见到来串门的阿芹。阿芹过门那年才十八岁，身体修长，皮肤黑是黑，但模样俏丽，头几次去禾塘旁边的井台打水，引来婶母的惊叹。廖杰成亲那阵，在家乡待了一个月，回香港不久，媳妇阿芹去信告诉他，有喜了！次年儿子阿初出生。同一年，廖杰的母亲因心梗去世，廖杰没有回来奔丧，说是有大生意在手，若离开要付客户巨额赔偿，好在他为葬礼汇来的款子够大，棺材是最高级的，还雇请了三位唢呐手加一个小乐队，山岗上集体吹奏哀怨的广东音乐《双星恨》，直教风云变色。那是阿芹作为廖杰太太的最风光时候。

廖杰的儿子长到两岁那一年，廖朴在母亲的带领下，步堂兄的后尘，回家乡娶了我姐姐。我家为这门亲事付出不小的代价，姐姐被当作“羡慕资产阶级生活方式”的坏典型，受公社书记点名批评，最后被清理出职工队伍，回坑口村侍候太婆婆。

廖杰、廖朴兄弟婚后，生活轨道出现剧变。体型颇健硕的廖杰在九龙有了艳遇，那一次，他被招去替一人家修水槽。主人是少妇，叫阿屏，平日无所事事，靠在美国当厨师的丈夫养活。阿屏喜欢上善体人意的廖杰，廖杰完工后，她以答谢为由，请廖杰来家吃饭，三杯五加皮下肚，半醉的廖杰和她上了床。下一步是偷情，同居。少妇死心塌地跟定廖杰，和丈夫离了。廖杰半推半就，和她结为夫妻。那时香港和内地信息不通，重婚容易隐瞒。廖杰维持住和阿芹的婚姻，他这样自我开解：中国的男人，只要养得起，自古以来三妻四妾。我这里一个，老家一个，理所当然！但廖杰不能不答应阿屏的条件：不准和阿芹见面。

廖杰从此和家乡的家人绝缘，但每月寄回港币100元，最少50元，让母子俩做生活费。廖杰住进阿屏家一年以后，看纸包不住火，向廖朴承认了，要求堂弟保密。廖朴没有传播绯闻，但这等消息哪能长久隐瞒？阿芹终于从香港回乡过年的乡亲口里知道，关起门来哭了两天，眼睛红肿，去见我姐姐，抱着她大哭，问姐姐怎么办？姐姐说，不要闹，你哭阿杰听不到，只落得丢面子。他还汇钱回来，可见还愿意负责任，等等看。

阿芹等了十多年，廖杰并没有回心转意，寄钱的频率也减到一年两三次。从1980年末起，镇上侨批局专送外汇的业务员，再也不上阿芹的家门。原来，廖杰已和阿屏及两个儿子移民美国，定居加州首府沙加缅度市。打了一年工以后，买下一家中餐馆，当起老板来。

廖杰的事都是从姐姐和姐夫那里听来的。姐夫说到这堂兄，语气半是羡慕半是不齿。“陈世美！”这是姐姐对廖杰下的结论。至于阿芹，神情落寞居多，见到我，总是礼貌地循她儿子以及我姐姐的儿女的叫法，称我为“舅舅”，但不会透露家庭问题。

次日，我给廖杰打电话。原来，他要和我谈的“要紧”事，是关于添伯的。廖杰在电话里兴冲冲地说：“二叔在我这里住够了，要去你那里。”我一惊，大声说：

"添伯失踪三个月，原来躲在你那里！"我带着满腹疑团，但不好细加打听。和他说好，后天是我的休息日，和他及他二叔在旧金山的唐人街见面。"不是见面这么简单，是办交接！"廖杰强调。我当然说："好好！"

廖杰口里的"二叔"，即廖添，排行第二，廖杰是他的堂侄子。廖杰小时候，过年时二叔让他骑在肩膀上看门楼前的狮子采青。

二

廖添是我姐夫的父亲，但父子从来没见过面，也没有通过电话。

廖添1908年出生于家乡。降生的第二年，他父亲去了美国。廖添刚满廿六岁，在旧金山当洗衣馆工人的父亲用了平生积蓄的三分之一，给亲骨肉买了一张假"出世纸"，让廖添跟随同宗的乡亲来到美国西海岸，那是1934年。廖添在旧金山唐人街待了一年，进中餐馆当帮厨。也是台山来的头厨脾气暴躁，动不动扯着他的耳朵骂。廖添气不过，瞒着在三个街区以外打工的父亲，乘"灰狗"长途汽车去了怀俄明州。那里并没有亲友，几天前他看了唐人街《金山时报》"事求人"版所登的一则招工广告，去电话亭打了一通电话。对方请不到人，急死了，说人来了就聘用，包吃住，薪水280块一个月，比旧金山多了40

旧金山唐人街入口

块。他提着一个盛换洗衣服的小皮箱过去了。

这家餐馆开在怀俄明州的杰克逊洞，老板驾车三个小时，去“灰狗”巴士站迎接廖添。老板姓周，来自台山相邻的开平县。夫妻在杰克逊洞南端杰克逊镇开的店，原来是卖汉堡包和炸鸡腿的正宗美式餐馆，白人东主退休以后卖给流落到这里的老周。老周夫妻接手以后，把菜单改为中西合璧，以杂碎、炒面、炸云吞和酸辣汤为招牌，吸引了大批粗豪的牛仔。最近，老周唯一的雇员耐不住小镇的寂寞，转到纽约去。老周看廖添个子小小，走路风快，“眉精眼企”（广东话，指人很聪明），一下子喜欢上，把他当儿子看，中西厨艺都教给他。廖添在老周的餐馆干了五年，老周夫妇年过五十，把厨政交给廖添，两口子半退休，每天回来巡视，打烊后把营业收入带走。

第二次世界大战爆发以后，1941年日寇轰炸珍珠港，美日开战。廖添那时已是“吉米”餐厅的合伙人。有一段时间，他从闭塞的杰克逊镇回旧金山度假，看望几年没见面的父亲。在都板街的酒吧遇到三位青年乡亲，喝了两斤五加皮，爱国热情高涨起来，约好从军去。他把决定告诉父亲，刚刚参加过华人支援祖国抗日盛大游行，向游行队伍中数十人拉开的国旗投去一百元的老人，还在亢奋中，热泪满脸地对儿子说：“热血报国，此其时也！”

廖添给情同父兄的周先生打一个电话，说要回中国打日本。周先生也叫好！就这样，廖添加入美国陆军，受训后，随士兵为清一色华裔的队伍开赴中国昆明。他所隶属的404地勤中队，是驻扎重庆一带几个军用机场，为飞虎队的战机服务的，廖添不懂机械，干老本行——厨师。由于厨艺出色，他从中队调离，在司令部当厨师。抗战胜利以后，驻华美军陆续乘船回国。他接到父亲电汇来的五千美元和一封言辞恳切的信，要他回老家，做三件大事：看望母亲，建新房，娶媳妇。

廖添从命，以美国陆军中士的军衔退伍，先回台山老家。和母亲一别二十多年，终于相见，抱着哭了几场。穿美军军服、胸前挂着勋章的廖添在乡间成为名人。家乡一群泥瓦匠怀着对“金山客”和“美国出国兵”的双重敬仰，用三个月，替廖添建了一栋两层带廊楼的西式青砖大屋。接着是娶媳妇，以他的优势，这当然“易过借火”。廖添自忖个头矮小，为后代着想，声言要娶个子高的，很快看中一位秀外慧中的姑娘，比他高十厘米。

廖添成亲是罗边乡1946年秋天最为轰动的事件，坑口村的禾塘，搭了三个以竹子为骨架、上覆葵叶的大“篷厂”。举行婚礼的日子，宾客上千，县长和议员莅临，客人所送的喜幛，在新屋子的大厅重重叠叠地挂了三层。新娘子坐花轿到了门槛前，被穿长马褂的廖添扶出来。廖添的母亲穿金戴银，坐在大厅的酸枝椅上，接受儿子、媳妇的跪拜大礼。老人家喜泪涟涟。妯娌说：添他妈一辈子守活寡，换来今天，值了！

结婚三个月后，廖添回美国。按当时美国政府的条令，“出国兵”的媳妇可以去美国和丈夫团聚，但孝子廖添坚称母亲要人服侍，妻子晚一点出去没有问题，廖妈妈只好留在家乡。遗憾的是，廖添没有“一索得男”。第二年，廖添同意母亲的主张，让太太领养一个儿子，免得断了香烟。于是，出生于下川岛的姐夫，九岁那年，成为六十公里以外的廖家孩子。

廖添回到美国，先在旧金山和父亲小聚，几天后，又坐上“灰狗”巴士，回到阔别五年的杰克逊镇，重操旧业。次年，老周夫妇搬往纽约，投靠女儿。廖添找到合伙人，继续经营“吉米”餐厅。不久，餐馆半夜因电线短路起火，他们住在楼上，被热气烘醒，匆匆忙忙逃出。除了身上的睡衣，什么都被烧个精打光。几个月以后，拿到保险公司赔付的钱，廖添再也不想当老板，改去西餐馆应聘当大厨。那是六十年代初期。

三

在太平洋的另一边。姐姐嫁到廖家以后，几年下来，生下三个儿女，和太婆婆住在村里。姐夫和廖妈妈在香港打工，定期汇钱回家，姐夫每年春节前后回来住一个月。小康的日子，风平浪静。

在坑口村，太婆婆三天两头念叨“阿添我儿”。可惜阿添连照片也没留下一张，教老妈妈向妯娌夸说“在金山发财的儿子”时，缺了雄辩的证据。好在廖添每年委托也在杰克逊镇居住的表哥寄钱回家，少则一次，多则三次，数额不多，总带上零头，如68.30美元、32.35美元。而且没规矩可循，人家金山客汇钱都选上重要日子，如亲人的红白大事、生日、春节，廖添却是即兴为之。1969年，老人家怀着无尽牵挂去世。因家里没有廖添的地址和电话号码，电报拍不了，只能在办完丧事以后，委托在美乡亲转交一封信给廖添。

1974年春节，我去姐姐家拜年。姐姐一脸晦气地递来一封美国寄来的邮简，说：“我公公那头，没希望了。”

我打开看了。信是多年来替廖添汇钱的表哥写的，颇长。由于姐夫、姐姐和廖妈妈多次请他打听廖添的近况，他就来一次“竹筒倒豆子”。

原来，廖添自从不当小老板以后，染上酗酒的恶习，每天晚间喝得大醉，上班也在内袋掖上个小酒瓶，做菜的间隙抿上几口。休息日泡酒吧，总是最后一个给调酒师架出门外，再让朋友开车送回家。由于滥喝无度，餐馆的职位往往保不住。好在他厨艺好，这家不请别家要。几年下来，把镇内的餐馆都干遍了。往后，本地没人敢聘请他，他只好转到别的地方去。表哥联系他不上，上门找，才知道他已搬走。

表哥的信还解开了廖添汇钱“总带零头”的疑团：通常一身酒气的廖添是不会记得老家有妻子儿孙的。常常是这样：廖添在酒吧门口被表哥堵住，表哥命令他拿钱出来。他不情愿地掏一些。表哥嫌少，老实不客气地搜廖添的口袋，有多少拿多少，连硬币也不放过。

“我不知阿添的去向，以后无法帮你们的忙了。”表哥在信末这样说。姐姐叹气道：“幸亏没指望公公养活，顶可怜的是婆婆，人没有，钱也没有。”

四

从此，姐姐一家再也得不到廖添的消息。十年后，我在美国，却从一位乡亲口里听到关于廖添的故事。乡亲一家在旧金山居住，他当厨师，因在本地找不到工作，去年远走怀俄明州，在离杰克逊镇二十英里的一家中餐馆打工，每个季度回旧金山看望妻小一次。这一次，他向本市廖姓同乡会的主席说了一桩事：杰克逊镇附近有一个年近八十的台山人，自称姓廖，要找失散多年的妻子和养子。这位乡亲还带来老人手写的具体信息：他自己的姓名，年岁，村庄的名称，妻子的姓名，养子的姓名。主席把信息贴在同乡会里面的公告栏。

被廖杰抛弃的发妻阿芹和儿子，已移民旧金山三年。一次，阿芹去唐人街买菜，顺便进廖姓同乡会去交香油钱，无意间浏览了公告栏，又惊又喜，马上打电话，告诉我的姐姐（她已移居香港）。姐姐给我来电话，让我和廖添接头。

我大喜过望，给廖添打了越州电话。我先做自我介绍，他亲切地循乡间的客套，叫我为“阿舅”。廖添的乡音纯正，但说话慢，且夹上大量英语词汇，可见已离开华人社会多年。他告诉我，他刚刚在医院做了手术，休息一些时日，便启程回国，打算从旧金山机场乘机，问我能不能接待他，并替他买回香港的机票。“不走不行，我在这里没亲人了。”他凄然道。我满口答应。阿芹说，从同乡会听来的情况是这样的：廖添一直和一位印第安女子同居，去年，她去世了。今年，廖添又得了直肠癌，术后恢复得不错，但他想到，孤零零地呆在小地方，将来两脚一蹬，没人知道，更别说临终前有人照顾，所以动了回老家的念头。我把这些消息告诉姐姐他们，夫妻俩兴奋莫名。但被勾起陈年心事的廖妈妈神情异样，起先，谁提起只在新婚时同床共枕过的负心汉，她就咬牙切齿，声言不见。姐夫劝了好几天，气才平了。

五

奇怪的是，我掐着指头算日子，添伯该早已抵达，何以没有消息？打他家的电话，电话号码早已停用。人失踪了。我忧虑地想，不会是癌症复发，又被送进医院吧？但添伯说过，他的健康状况良好，手术后自己开车两个小时回到家。

直到廖杰来电，才晓得廖添所乘的客机，不是飞来旧金山，而是飞往加州首府沙加缅度的。我纳闷地猜，他干嘛去廖杰那里？论叔侄的情谊，不过是数十年前有过短暂接触。常言道，归心似箭，见妻子儿孙不是要紧得多吗？

我带着强烈的好奇，按照和廖杰的约定，在唐人街华盛顿街的长城餐厅碰头。

虽是第一次见面，但廖杰的事情我知道得够多，所以一点也不生分。和廖杰一起来的，有添伯，还有他太太阿屏。廖杰五十开外，已发胖。太太的年龄与他相仿，打扮得花枝招展，项链、戒指、镯子戴全。添伯跟在廖杰后面，被大腹便便的侄子衬着，个头更显小了。

我妻子因要上班，下班以后要去学校接孩子，无法前来。四个人在餐厅落座。廖杰兴冲冲地说："我叔在小地方待怕了，这一顿要好好解馋，我请客，点最好的！"添伯要了一瓶荷兰制的啤酒"汉尼根"（喜力），慢悠悠地喝，很少说话。

廖杰说："我叔，今天办移交，由你接收，呵呵，要不要写个收条？"我这才知道廖添"失踪"的细节。原来，四十多天前，廖添征得侄子廖杰的同意，飞往沙加缅度市。事先说好，去廖杰开的餐馆打工。廖杰以为老人家开玩笑，通话时大咧咧地说："行啊，大厨亲临，教晚辈几手绝活，机会哪里找嘛！"廖添到了侄子家，安顿下来，过了几天，廖杰却没有让他"上班"的意思。早上，他夫妻俩带叔父上市内唯一的广式茶楼，让老人家吃上暌违数十年的虾饺、肠粉和凤爪。廖杰两口子午前出门，驾车到十英里外的"杰克中餐馆"去。他身为老板，里里外外全管，太太负责在餐厅收款和带位。谈到经营餐馆，半路出家的廖杰有的是成就感。"人不多，生意嘛，算不错咯，那地方，吃中菜不找'杰克'找谁？说实话，我待伙计是没得说的，我叔知道，每次上茶楼，一打叉烧包、一打豆沙包，打包拿回去给大伙是绝对少不了的。员工替你赚钱，不厚待怎么说得过去？"他仰头喝下一杯劣质水仙茶，瞟了太太一眼。太太善体人意地回一个笑。他再看叔叔，廖添却低头喝啤酒，没搭腔。

爱显摆的廖杰还吹自己的孩子——一个在德国读博士，一个在纽约读大一。“一个礼拜打到德国汉堡去的电话费，少算也得三千。想孩子，没办法。”他又是得意又是无奈地摇摇头。我暗里算算，他两个“儿子”中至少一个，是太太和前夫生的。我真想支开阿屏，给廖杰报个信：你的结发妻子和亲生儿子，都已移民旧金山。

这顿午饭吃了三个多小时，直到阿屏提醒，归途要经过海湾大桥，每天下午五点以后桥上必拥堵。在停车场，廖杰把叔父的行李从车厢提出，放进我的车子。两个行李箱，就是这位告老还乡的“金山伯”的全部家当。

廖杰如释重负，和我握别。廖添有点麻木，连和侄子夫妇握手也省了，只在远处挥挥手。

六

廖添住进我的家。我租的小单位，只有一个卧室，我夫妇占了。两个孩子在狭窄的客厅睡沙发。我从房东那里借来一块门板，支在客厅靠近窗户处，这就是添伯的临时床铺。他一点也不介意，连说好好，哪里不是睡？妻子拿出新被单铺在木板上，添伯对她说：“弄得太高级，我反而睡不着呢！我当‘出国兵’那阵，在昆明附近的机场，有时连床也没有，在刚刚下过雨的地面，钻进睡袋就睡。”

第一个晚上，添伯就寝前，把现金支票交我保管。我说，你放在行李箱里不就得了？他说不保险。我接过来数数，五张支票，合共1.75万美元。他看着我，满怀羞惭地说：“人家来金山，赚得盆满钵满才返唐山，你看我，见不得人！”他说，他平生不事储蓄，钱都是月月清。临离开，把房子卖掉，还了债，就剩下这么多。“阿杰说话不算数，没让我进他餐馆的厨房炒菜，本来说好的，我先去他那里打几个月工，赚几千元，带回去，面子上好看点……”

我这才明白，他为什么要绕道去投靠侄子。

第二天，我请了假，带添伯去买机票。出门前，让他检查证件。他说没有证件。我的讶异非同小可：离开国境必需的护照怎么没有？你来美国五十多年了！他下意识地打开行李箱，翻了又翻，最后，有点难为情地给我看一张发黄、破损的公文，是他离开军队时美国兵役局发的证书，大意是：廖添于1943年入伍，隶属美国陆军×××单位，官阶为中士，1945年×月×日光荣退伍。我追问情由，他说，那一次餐馆遭火灾，什么都烧光了。几十年下来，在移民偏少的怀俄明州，但凡找工作，申请失业救济，领退休金，都不需要证件，他懒得填表申请补发，一年年地拖，后来干脆忘掉。我问你加入美国籍没有？他想了想，说，参军时已加入。那么，社会安全卡呢？烧掉了。号码总记得吧？他摇摇头。

无法可想，只好去退伍军人服务局，请求帮助。廖添的英语呱呱叫，走进里面，他自行和办事员打交道。我在外头等。一个小时后，他走出来，紧皱的眉宇舒展了一些，对我说："他们说不要担心，他们会替我补办证件，我是戴过船形帽的老兵，他们给面子，但要等。""等多久？"添伯耸耸肩，说："他们说到时把通知寄你家。"

我把事情的经过告诉姐夫一家，他们又是高兴又是失望。姐姐说，他当年是酒鬼，连母亲的生死也不管，还理会什么护照不护照？

廖杰的前妻阿芹和儿子，从姐姐的电话里知道堂叔来到旧金山，但为免于尴尬，以上班忙为借口，没有来见面。

漫长的等待磨人。我和妻子要上班，添伯和我们两个儿女做伴。孩子们上学去，添伯就去公园，坐在长椅上发呆。妻子怕他重新酗酒，劝他看在孩子小的分上，不喝酒，他果然连最爱的"汉尼根"啤酒也不沾唇。他以地道的英语与我十一岁的儿子聊棒球和美式足球，十分投缘。

我下班回到家，爱和添伯聊天，借此了解他的人生，解开他数十年不回国的谜。夜过十时，妻子和孩子都进了梦乡，我和添伯在小客厅的灯光下，就一碟花生米，我喝茶，添伯喝浓黑的咖啡，天南海北地闲谈。

我顶想听的，是他第二次世界大战期间从军的故事。原来，他隶属陈纳德麾下的飞虎队。可能是多年来灌的烈酒损害了神经，他的记忆不成片段，我经过拼凑，才弄出个大意。

廖添是1943年从旧金山入伍的，那一年，他的实际年龄是三十五岁，但他的“出世纸”是父亲花钱买的，官方记录上小了三岁。一来，受旧金山华人爱国热情极度高涨的大游行所感染，二来，受几个志同道合的伙伴鼓励，还有第三个不便公开的理由——通过参军把假冒别人名字进入美国的“不良记录”洗刷掉。果然，他们入伍不久，就在伊利诺伊州一个地方法庭的法官监督下，宣誓加入美国籍，一劳永逸地消除了心病。

廖添和其他应征者一起坐军用列车，开赴伊利诺伊州的春田军营，参加短期军训。他被分配到407通信中队。这个纯由华裔士兵组成的集体，以纽约一个无线电训练学校的学员为骨干，但廖添被担任连长的白人上尉看中，让他当“伙头军”。三个月军训结束，407中队又进入俄亥俄州的帕德逊军营，学习飞机修理。

他说，在帕德逊军营，接到上头的通知，要开赴中国参战。一个星期天，他给父亲打电话，把以后的行踪透露给他。父亲沉默了一会，说：“打仗了，你要处处小心……回中国？好嘛！有机会回乡下，看看你妈。”

他谈兴高时，会绘声绘影地说，407中队怎样取道印度，坐汽艇行驶在雅鲁藏布江，怎样坐飞机飞越驼峰，抵达重庆附近的白市驿机场。

我喜欢听他谈加入陈纳德将军麾下的飞虎队后的见闻。他说：“有一次，我和队友出营闲逛，路过一个村庄。一户人家娶媳妇，虽然是战时，一切从简，但新郎一方在门口贴了喜联，加上门楣上一个菱形‘双喜’。远处响起唢呐和锣鼓声，我们站在一旁看热闹。三十多人的迎亲队伍，簇拥着花轿来到。穿马褂的新郎站在门外迎接。盖着头帕的新娘子被人扶出轿子。忽然，一个穿美军军服的男人从人群中冲出，嬉皮笑脸地，一把把新娘子的头帕扯下来。大家顿时目瞪口呆。那军人是二十出头的白人，也驻扎在机场旁边的军营，属于另外一个系统。他从酒吧出来，喝高了，不知天高地厚，非要看看新娘子长得怎么样。你知道不？头帕只能进洞房后，由新郎官揭开，小子可是犯了中国的大忌啊！村人先是吵吵嚷嚷，几个年长的拦住闯祸的家伙，一顿斥骂。两个年轻人举起拳头，要教训他。白人士兵比所有人都高出一个头，可是他的同伴早溜走了，他不会中国话，连声说对不起。我们只好一起走过去，向新郎官连连鞠躬，替白人士兵赔礼，差点下跪，人家才放他走了。”

添伯说完，我拿“花轿”当话题，继续谈：“你妈生前，我去你家，老人家对我说道好几次，我家阿添娶媳妇，可够气派。新娘子坐四个人抬的轿子……还有，我姐夫迎娶我姐姐，也坐花轿，那是1963年。打那以后，就不时兴，也没人请得起。”

添伯听着，不说话，对着墙壁沉吟，好一阵才恢复常态。家乡、母亲、妻子，这些与他相隔数十年的字眼，忽然贴近眼前，教他无法适应。好久，他冒出一句：“我对不起母亲，还有朴他妈，唉！”我心里说，就是！怎么说得过去呢？你离开以后就没回去过，后来连信也断了；还有结发妻子，没见过面的养子……

一天，添伯趁我上班，私下租计程车，到退伍军人服务局了解。接待员和蔼地告诉他，他的案子早已上报到总局，由总局找出当年的档案，加以核对，如果情况属实，便替他办护照和证件。完成所有程序，至少四十天。廖添倚老卖老地告诉桌后的黑人小姐：“我怕只怕到死也回不了家乡……”黑人小姐被感动，站起来，和他紧紧拥抱，给了一颗定心丸：肯定会批准，只要付出多一点耐心。

七

添伯在我家，每天至少查看三次信箱。到第三十五天，终于看到联邦退伍军人事务部寄来的大信封。傍晚，我下班，推开家门，他眉开眼笑地把信封递给我，里面有美国护照，以及一封公函，罗列廖添可享受的各项法定福利，并提供咨询电话。

第二天，我替添伯买了飞往香港的单程机票。消息传回香港，姐夫一家喜出望外。添伯每天脚步轻快地出门散步，还特别选一个我妻子不用上班的星期天，让她带路，去购物中心的大型百货店，给妻子、儿子和三个孙儿女买见面礼。他问我妻子该给“朴他妈”买什么，妻子提议，买一条金项链，他手拿着标价200多美元的项链，口里说好，但没动作。妻子看出他的心事——不愿动那点“老本”，便用信用卡替他付了。

添伯为还乡“倒计时”的日子，唯一不愉快的事，是他的亲生女儿从怀俄明州打电话到我家来。我先接，她说找她爸爸。我以为是错号，要挂。添伯在旁边听到，抢过话筒，说：“我女儿。”两人聊了很久，我不好偷听隐私，走开了。事后，添伯叹气连连，告诉我，这是同居的印第安女子生的，三十多岁了，在一家超市当售货员，几年前离了婚，自己带儿子过活。她刚才在电话诉苦，说被房东逼迁，刚刚租下一个小单位，自己攒的钱光够交定金，水电费没着落。

我问添伯怎么办。添伯说，我过一会去邮局汇200美元给她。我问他，现款你有吗？添伯不愿向我的妻子说实话，是为了面子，但和我的关系深一层，就不客气了。一如我和他上街，我替他付钱他从来不拒绝，但和我妻子去，务必自己付一般。他说：“只好从交你保管的支票中开销了。”我说，你还是不要动那些，我给你就是。“那就借吧，以后见面还。”添伯苦笑，眼睛闪着泪花，我明白他的难言之隐：回去以后，和我见面的机会太渺茫了！

一切办妥。明天下午，添伯就要去机场搭机。今天一早，他对我一家宣称：“我可是出色的厨师，但没让你们见识手艺。今天晚餐，你们谁也别动手。”他特地吩咐我的妻子：“你的任务是吃，我呢，又是厨师又是侍应生。”

果然，我和妻子下班回到家，四方餐桌上铺上塑料布，刀叉汤匙都摆好了。时间到了，戴着围裙、忙出一脸油汗的添伯吩咐我们就座。一家四口各占一方。添伯声明他不坐，但桌上搁一瓶“汉纳根”啤酒，他趁上菜的间隙喝一口。这啤酒，是我昨天为他买的，我放进电冰箱时对添伯说：“归你，你该开戒了。”他乐呵呵地点头。

天知道他是什么时候买下这么多食材，可以肯定的是：他这几天都在为这顿“法式大餐”做准备。

“来咧！开胃菜。”他在每人面前放下一个小碟子，上面放着烟熏鲑鱼，以迷你西红柿雕成的玫瑰花作盘饰。

“说起我的功夫，虽然从中菜入门，但当完兵，回到杰克逊，跟一个法国大厨学了整整三年，挨他骂，侍候他喝酒，才把法式烹饪学到。”我们动叉子，他在旁边说话。儿子贪婪地吞咽，教他格外骄傲。

他收走小碟子，端来金黄色的汤，说：“洋葱汤。‘老番’口味重，这种汤往往太咸，但我没放盐。”他解释完，叉着腰，说：“我一直没心情说，我当年的名气有多大。你知道‘太平洋风’餐馆吗？”他拍拍我的肩膀。我回答：“当然知道，顶尖的西餐连锁企业，北加州开了三家分店，其中一间在旧金山金融区的蒙哥马利街，门面好雅致！”

“五十年代初期，它在加州、密西根州和怀俄明州开了共十家。老板叫汉普顿，他来找我，说要聘我当‘巡视大厨’。没听过这个名堂？就是去各个分店视察，训练厨师，设计菜单，示范新菜式的制作，月薪三千八加红利。你一定不知道，我要是接下这差使，怎样去各个地方？开飞机。我有一架单引擎飞机，两万多元买的，我过去最爱这玩意，后来被酒精害了，再也上不了天，几千元卖掉。”添伯故作平淡地叙述命运曲线的顶点。

“那，你上任没有？”我问。他用围裙揩揩手，摇头，说：“走不开啊！和我同居了好几年的印第安女子，生下女儿，我要照顾。”我的心里咯噔一下，想起他家乡的亲人。“负心汉”和“好丈夫”，他和他的侄子廖杰都是一身二任。

往下，添伯亮出标准法式菜的第三道——副食。每人一碗带浓汁的贝壳类海鲜，有蚬、牡蛎、大虾、鲜贝。儿子吃得眉飞色舞。妻子在旁边按按他的肩膀，说，慢点，够你吃的。儿子的嘴塞满好东西，结结巴巴地说：“好吃！”八岁的女儿帮腔：“妈妈，你学学嘛！”

主食才是“压轴”之作——小牛肉，被蘑菇衬托着的一块，鲜嫩之极！我们拿纸巾揩嘴巴时，添伯面前的空啤酒瓶，已有四个。

添伯的谈锋更劲，说到在昆明给一群美军校官做圣诞大餐。“吃过饭，洋鬼子们都进厨房，搂住我，感谢说了一遍又一遍，一个半醉的上校最离谱，对我说，日本人的轰炸机炸死谁都行，但不能动你，妈的，大吉利是！”

吃了两个小时。孩子们打着饱嗝，去洗澡。添伯说，最后一道甜品，孩子们不要吃了，加了莱姆酒。原来是法国甜点中最有名气的“苏菲蕾”。

八

往香港的班机中午起飞。吃过早餐，孩子们和“公公”拥抱，道别，上学去了。我和妻子送添伯去机场。行李已上车，我在车上等了好一阵，不见他出来。我进家里催。他在浴室里面磨磨蹭蹭。我说，再迟些，280高速公路可能堵车。添伯正试图从洗手盆的圆孔掏东西。我问：“找什么？”他说：“戒指。”我把洗手间地上地下查看一遍，没见到。他肯定地说：“我洗脸时放在盆边，过一会不见了，从这里滑下去了。”我急了，猫下身子，要把水管的阀门旋开。添伯知道，即使旋开阀门，戒指落在弯曲处，也够不着，就说，不要找了，铜的。

我陪他向我的车子走去时，他凄然回头，声音发颤：“不值钱，但是她送的，就这一件纪念品……年轻时，我和她去度假，她在印第安人保护区的礼品店，托工匠在戒指上刻两个字母——T和T，是两个人名字的简写，她叫Tina，我叫Tim。”高速公路上，添伯伤感地忆述在异国的爱情——二十世纪五十年代，添伯在一家西餐馆当头厨时，Tina是侍应生，她与当保险经纪的黑人前夫离婚不久。两人日久生情，过起同居生活，但意外地怀上了。两人在一起三十年，养大一个女儿。Tina去年因心脏病去世。

我们夫妇送添伯走进候机室，他一直向我们挥手。茶褐色西装在人群中格外醒眼。

九

添伯回到香港，和亲人团聚。姐夫后来告诉我，养父见到他，第一件事是把我保管过的现金支票一分不少地交给他，说：“惭愧，我上一次回来，那么风光，这一次，钱只这么多。”廖妈妈本来要狠狠教训这个“没心肝的”，但回到村里，看到添伯祭奠祖先时，对着他母亲的“神主牌”哭得天昏地暗，于心不忍。添伯回到老家，还见了两个妹妹，也抱着哭了几场。

姐夫把养父交来的钱换成港币，值17万，恰够在深圳靠近界河地段一栋新建的二十九层公寓买一个70平方米的小单位。

添伯回香港定居一年后，癌症复发，被送进伊丽莎白医院。医生看了他从美国带回来的诊断书，对廖妈妈和姐夫说，美国方面说，他上次做手术以后，最多可活一年。

添伯去世后，廖妈妈以未亡人的身份，每月收到美国社会安全局付来的支票。按美国的法律，她有资格领取已故配偶的退休金的一半。

廖添的侄子廖杰，在和我见面的第二年猝逝，死因是中风。

向后代播种乡愁

“娜娜不见了，快去找！”父亲气急败坏地在村口向三弟大叫。三弟正和本村应急而生的几位“厨师”，在老屋门外用泥砖架起的临时土灶前，油炸“咕噜肉”，慌忙揩揩手中的油腻，把“本田”牌摩托车推出门，在禾塘前的石板路上开动，一溜白烟地出了村，到小墟里寻人去。

我正在田埂上观赏汪汪春水里的灰色天穹，不远处父亲和弟弟的举动一一看在眼里，没加阻止，也不紧张，尽管“失踪”的是自家女儿。她前天才从遥远的北美洲回到家乡，语言不怎么通，路更不熟。我想，这里不是美国的“罪恶之都”纽约和华盛顿，哪会有绑票的？她一定是到巷子里哪个人家串门去了。

过了十分钟，弟弟便从小镇赶回来，一个劲地摇头，说娜娜不在那里。本来喜气洋洋的父亲，这阵子急得像热锅上的蚂蚁，在满地铺着“满地红”大鞭炮纸屑的地堂上，咋咋呼呼，我远远看了好笑。

妻子却再也沉不住气，把儿子文文叫来，一起在村里头，逐条巷子地找。妹妹随后专事吆喝：“娜娜啊，你在哪里？该回家啰！”引得长长巷子里众多久未见面但仍旧稔熟亲切的乡亲，从家里探出头来，一听说是找才从美国回来的小姐，都哈哈笑开，安慰说：“没事，玩耍去了。”巷口的三婆，女儿小时她常背，刚才，我们到村子不久，妻子特地领上女儿，带上一包从旧金山超级市场买来的“开心果”，到她家去谢恩。老人家笑得脸上光剩一张没了牙的嘴巴，大呼小叫：“我的心肝肉儿，成大姑娘啦！”这阵子三婆在家里喂猪，听到叫声，手里滴着潲水，慌忙奔出门，说：“娜娜是到阿惠的新屋子去了，我看见的。”

果然，在村子南端一幢还在建造中的两层瓦房里，找到了女儿。她正在用结结巴巴的家乡话，连比带画，和阿惠嫂谈得热乎。女儿向妈妈说，是“叶姆”邀请她来新屋子参观的。妻对女儿说：“阿惠嫂，你该称‘二姆’才对，谁教你叫她‘叶姆’？她的名字叫学英，也没带个‘叶’字。”女儿嘻嘻笑着说：“我哪记得这么怪的名字？又不是Candy、Judy、Lily，看到她的毛线外套上绣片绿叶子，问她这是什么，她说了，我就这么叫，好记嘛。”

妻子和儿子、女儿一起，兴冲冲地向北头的家屋走来。我正站在池塘边的社坛旁，眼前，“池塘生春草”，排水闸前绿水汪汪，一尾红鳍鲫鱼蹦到水面。抬眼，远远近近，烟树和岚气，黑色和灰色掺杂的排排老屋，郁郁累累的故园。看着至亲的人，肩搭肩地走近，心里打翻了五味瓶。

十二年前，我和妻子，带上六岁的儿子，一岁多一点的女儿，步上艰辛备尝的移民之路。山水迢递，关山阻隔，起点就是村前用花岗岩长石条铺成、把鸡公车和自行车颠得咣啷乱响的路。在广州的美国领事馆领了签证，那是1980年的夏天。子夜时分，在家人陪同下启程，搭车到省城，再乘火车到香港去。在港九直达快车上，挥送月台上依依的双亲，和妻子把儿女安顿在座位上，长长地嘘了口气，歇下来。多日忙碌，打点行装、和亲友一一告别，办退职手续，又是饯别又是祭祀，都累坏了，妻子瘦了一圈，一下子老上十岁。

火车噙着轨，铿锵铿锵，一首缠绵欲绝的乡愁诗篇。两个小儿女，可丝毫没有那种灰暗心绪，在卡位上嘻嘻哈哈地玩。邻座一位香港人，看女儿红扑扑的脸蛋，夸她伶俐，女儿向他招手，他把桌面上的荔枝掰出一半，给了我们的孩子。我连忙道谢。两个馋嘴猫儿拍手欢呼，儿子一把抓过去，剥皮，把晶莹的果肉送进口里，响亮地把核吐到窗外急促旋转的田野去。女儿不会剥壳，伸手抢哥哥的，眼看要开仗。我把顽皮透顶的儿子强按在座位上，吓唬他，要不放规矩点，就叫穿制服的警察把他捉去。又给女儿剥了荔枝，孩子才安静下来。我和妻子交换了眼神，疲乏的脸孔浮出笑意。万里风尘的漂泊，固然为了自己的前途，我才三十二，妻子三十，该去闯闯天下；然而，不更像天下的移民一般，为了后代吗？

在香港的酷暑中熬了十多天，然后乘坐日本航空公司的客机越洋去。女儿买的半票，也占了一个座位。怕小家伙们乘机捣蛋，我包下女儿，为的她小，好哄好抱；妻子包下儿子，为的小子一向只服妈妈监管，却不把严父当回事。日航的男服务员以为我是他的同胞，走来叽叽嘎嘎地拉话，我摇头；他改用英语，我还是摇头。只好换上一个会中文的小姐，她问我要不要给孩子一些玩具，我谢绝了。因为两个小家伙一上机，便打起呵欠。女儿开始时在座位被安全带碍着，很不舒泰，我只好抱她坐在膝盖上，不一会儿工夫，她在怀里呼呼大睡。

日月星辰，春夏秋冬，光阴在劳累中飞逝。儿子转眼到了十八，高中毕业在即。女儿十四，读初中二年级。刚来时，儿子赶上小学一年级。女儿太小，上不了幼儿园，在家由妻子带。岳父心疼外孙女没地方玩，特地买一辆木马，让她在低矮的客厅里用嘴巴驰骋。如今，儿子个头和我差不多，女儿几乎像妈妈一般高。初来那几年，儿子的家乡话还呱呱叫的，上的年级愈高愈忘得干净，后来只会说和他的日常需要相关的词儿，比如，“饿”“我要吃饭”“给我煮面条”。“袜子”，女儿不叫“一双”叫“一条”，汽车叫“一个”不叫“一辆”。“米”和

“饭”在英语中同一个单词，她把“做饭”叫“做米”。指着从后院飞进来、盘踞在垃圾上的苍蝇，说“别赶走，虫虫也要吃午饭呢”。两辈人会话，先是大人用中文问，孩子以英语答；再大些，我要讲点做人的大道理、学科的选择和前途的自我设计之类，非得操拗口的英语，否则孩子光顾互相挤眼，心不在焉。

前一年除夕，合家吃团年饭，妻子一边紧张兮兮地监督着被从电视机前赶到餐桌来的儿女，生怕他们不小心，摔碎碗碟，筷子掉到地上，影响来年的运气；一边和我说起私房话，你一言我一语地回忆乡下过年的趣事，我瞟了眼宝贝儿子，他正埋头用刀叉对付一碟子盘结的粉丝和金针菜，问：“文文，乡下的事情记得不？”他眯着和我一般的细长眼，很识趣地作出搜索枯肠的姿态，停了一会儿，耸了耸窄窄的肩膀。我和妻子相对苦笑，下了决心。

是时候，让儿女回老家了。要让他们知道，自从在县城的妇产院降生后，他们在哪里坐摇篮，吃奶，吃“煲仔粥”，爬行，学步。亲过、抱过、背过、哄过他们的父老和婆姆姑婶是谁。该让洋化的心灵，领略故乡的远山如黛，春秧如茵，炊烟，田畴，榕树，芭蕉，小桥流水。看惯盛在“肯德基”快餐盒的炸鸡腿，该见识在爬满牵牛花的篱竹上喔喔叫的雄鸡；穿惯了“耐克”球鞋的脚，该咯咯地走走滴满父辈的汗迹、布满牛蹄窝的村路。

趁儿女青春年少，一家子和和乐乐地回去。追怀留年，“断肠”也许难免，但痛得来有悲剧的快意，如果它能把积存心间乃至潜意识里头的千般眷念释放的话；更重要的是，对于长在异国的儿女，可能是足以影响终身的寻根之旅。

四口之家启程。坐上新加坡航空公司的波音客机，从旧金山飞往香港。女儿的座位像上次那样，又是在我的左侧。半夜，舷舱外白云卷舒，机翼掠过浩淼无垠的苍穹，不动声色，机体仿佛凝定在沉寂的空气里。我哪里睡得着？翻开记事簿，潦草地记下零星印象。忽然，肩上响起轻细的呼吸，侧头一看，一头浓黑的秀发披散在我胸前。我思绪奔腾，在记事簿上唰唰写下：

女儿，从我膝上
走到身边的座位
这样的距离，花了
整整十二年。昔日牙牙学语
今天亭亭玉立
正靠在我的肩膀上
沉沉睡去，在还乡途中
……
我的肩头，托着女儿梦境的肩头
已经酸痛（离五十肩不远了）
这挑过一百二十斤行李

走过罗湖桥的木板的肩头
在异乡从未卸下沉重的生活的
肩头，真的，已经酸痛了
……

——《客机上》

酸痛是酸痛，却值回票价。回到家乡，在小镇的铺子里住宿。那是早年我家开文具店时的房产，如今住着三弟一家。第二天大早，把儿女唤醒，和亲人们一起回村子去。从小镇到村子不过两三里路。二月的熏风，水田里的紫云英，蜿蜒的黄泥路，儿女们感到又新奇又亲切。我用英语提醒儿子：“你小时候，最喜欢的大家伙是什么？”潜藏记忆深处的童年终于苏醒，儿子高声说：“记起来啦，是，是tractor！”他无法用母语称呼浮现在脑海的“拖拉机”。我又说，不是在电视见到的那种，是带两只长长胳膊，在水田里突突叫，冒黑烟的。儿子一蹦，跃过一条排水沟，说：“不就叫‘蜢头’嘛！”地道的乡音，久久遗忘的土造诨名脱口而出。我用力拍拍儿子的肩膀，说道：“对哩。”随着，儿子记起学前班里叫“珍珍”的女老师来，还有下雨天找妈妈哞哞叫的小牛，池塘边猪栏里嘟嘟抢食的猪崽。本来，儿子出国前，快要上小学一年级，如果他没有经受语言上的彻底改换，五六岁时的印象该不会完全消褪。难题乃是：幼小时的中国印象以英语来反刍，来表述。那时他最热心的，除了追着“蜢头”满山满野疯跑，天天一身泥泞，挨妈妈的教训之外，就是上学。学前班到下午三点才开课，一点钟他就吵着祖母做饭。我家靠近禾塘，在那里晒谷子的婶母们爱寻憨儿子的开心，骗他说：“早过两点啦，上学要迟到。”儿子慌张地回家看挂钟，咦，才一点嘛，继续和伙伴玩玻璃珠子。一位大婶过来悄悄说：“你的阿嬷把钟往回拨了。”儿子相信了，回家踢门，向在房里磨蹭的祖母兴师问罪，大哭大吵。作弄他的大婶看到事态严重，过来承认骗了他，文儿停止造反，母亲才缓过气来。我用英语向和我一前一后走着的儿子，诉述这桩“轶事”。儿子听罢，搔搔棱角峥嵘的头，不好意思地转身，向走在后面的祖母说“Sorry”。母亲在美国虽然住了好几年，却不懂洋话，不知道这是为了陈年的罪愆向她道歉，但看孙子亲热地扶着自己，小心走过窄窄的水闸桥，乐得呵呵笑。

带潮气的春风吹来，刚灌了春水的田野浩淼一片，漾起细细的波纹。我和女儿站在坡头，告诉她，这一条弯弯曲曲的村路，是她才几个月大时，一天两次，让奶奶背着，到小墟社办缝纫厂去，让在那里上班的妈妈给她喂奶。我的脑际，走马灯般转过村里乡亲久别的容颜，深情地对女儿说：“可知道，你从出生到出国前，这一年多日子里头，多少人用绣着‘花开富贵’的大红背带背过你吗？”女儿定定地看着我。我屈着指头数：“第一是嬷嬷，第二是二姑姑、三姑姑，第三是二姨姨，还有莲妈婆、二祖婆、三姑婆、琴姐、耀他妈。梨姐姐太小，力气不够，背起你走到塘基，摔了一跤，嘴角流血呢！”

绕过一座山，村头的碉楼矗立天际。身边小河蜿蜒而来，流成我还乡梦中的九曲愁肠。我指给儿子看：“那，就是你和‘肥仔胜’捉鱼的地方。”到了坝头，闸门上的水声叮咚，诉述端阳节前下“龙舟水”，儿子随我去玩水的往事。我指着碉楼下的小水潭，告诉儿子，他在这里替二姑姑背猪草，鞋子掉进水里，回到家给妈妈揍了两下屁股。禾塘上，我向女儿说，我把你抱到这里，放在地上，你走出第一步。可惜女儿对于故乡一点记忆也没有，看着我比比画画，只觉好玩，好在有的是好奇心，一路缠着妈妈问这问那。儿子不想败坏老子的兴头，随着我的唠唠叨叨，偶尔点头说“有那么一回事”，多半却是摇头，漠然说“忘了”。

碉楼下，隔一个干枯的池塘，是老屋——“家”这一名词所蕴涵的本义，供着列祖列宗牌位，铭刻家族全部历史的青砖大瓦房，也是漂泊之舟最初扬帆的埠头。母亲掏出沉甸甸的钥匙串，打开笨重的木栊和坤甸大门。老屋特有的窒闷气息扑来。儿子皱起眉头，女儿捂住鼻子，很不情愿地踱进厅堂。

父母出国后，三弟一家搬到小镇去，老屋好些年没住人。天井里的绿苔，肆无忌惮地爬到厅堂尽头处的瓦缸边沿。墙上，母亲细心贴上的年画都已剥落，我们历年从美国寄回的彩色照片，嵌上镜框，挂在四壁上，都发了潮，漫漶成一片。岁月的流逝，谁能阻遏？

我指着屋前水泥地堂旁的井台，告诉儿女一个家乡古老的习俗：世世代代的出洋人，行囊里都有一瓶从村里水井打的清水。到了目的地，做第一顿饭，故乡水混合着异乡水下锅，“水土不服”之症便不会侵扰。我说得深情款款，儿女却不感兴趣，拿手扫扫蒙满灰尘的酸枝椅，坐也不肯坐。好在，乡亲们知道我们回来，纷纷登门，家里一下子热闹起来，气氛才转了。阿进进来，一把抓住文儿的手，说：“大头仔，记得我这个‘蜢头’司机吗？”妻子在旁说：“文文，快叫进叔，他待你最好了，常常让你坐司机座位，你出国前一天，他用单车载你到墟里，请你饮茶呢。”文儿既听不来我们的对话，也被长辈的“怀旧”整得烦腻不堪，不但没好好道谢，而且不发一言，溜到门外看烧鞭炮去。妻子尴尬地向阿进解释。我生了一肚子气。

在村里的下半天，摆酒席招待乡亲。大家忙得不亦乐乎，我光顾着和从前的学生话旧。二弟一家从佛山市回来，他的儿子比文儿小，但合得来，两个人骑借来的自行车。儿子在家乡，恰如我们初到旧金山，“聋哑”兼具，好在有的是活力，玩起来不再陌生。女儿呢，趁人不在意，穿过巷子到处逛，看新鲜。不知不觉到了村南头的

村头井台

“叶姆”家，于是演出开头那幕“寻人”闹剧。“叶姆”对女儿特别亲热，她的两个儿子，小时候是文儿的最佳搭档，屋旁苦楝树下的两棵西红柿苗苗，就是文儿和她的大公子一起撒尿“施肥”施死的。两个淘气精还为“责任归属”问题打了一架。那时我家千金她可没少背，还想做女儿的“契娘”呢。

一天中，闹哄哄，乱纷纷，迎来送往，到黄昏才把“请客”这“金山客”还乡的第一桩要事办完，回到小镇的铺子宿夜。儿女的脸都拉得老长，女儿干脆拒绝到厨房后的浴室去洗澡，说“脏死人”。儿子一本正经地提出：要到县城去住旅馆，好歹有坐式马桶和淋浴，“再这样受罪，我要提前回家！”我伤心地说：“跟你说，旧金山那儿的，最多算得‘第二故乡’，这里才是真正的家！”儿子说：“这家又不是我的。”“你还算不算中国人？算不算台山人？”我咆哮着。儿子和女儿倒不敢和我闹翻，知道说溜了嘴，做个鬼脸，算是道歉，他们的母亲慌忙来打掩护，推他们到楼下睡觉去。

夜里，我辗转反侧，尽情地嘲笑自己的自作多情和不切实际。儿女和我这一代，有多少共同之处呢？硬要他们仿效，他们有多少旧可怀？以英语思维，所积累的词汇中没有nostalgia（乡愁）。构成他们生活的轨迹的，是“萨特”小学，“楼威尔”或者“吉尼尼”中学，洋电视肥皂剧，美国的流行歌星，好莱坞电影，汉堡包，比萨饼，牛仔裤，“淘金者”足球队。他们的同学和朋友，要么是土生土长，要么是母语愈来愈不灵光的移民后代。遥远的母土，即便未至于虚幻如海市蜃楼，那也是因了在家听父母说中国话，吃大米饭，端午吃粽子，冬至吃汤圆，除夕吃年糕，春节领压岁钱，清明和重九随大人到华人墓园祭扫。孩子从小到大，从信箱掏出写着汉字的信封，知道那来自爸爸日盼夜想的故土故人。无论在租来的小单位，还是在自买的房子，里头都有满架与他们不相干的中文书。咖啡桌上，天天叠着唐人街出版的报纸。

我们的后代，命定地成为“黄皮白心”的“香蕉”。“数典忘祖”，是国人的奇耻大辱，我做过红卫兵，已开先例，长在异国的儿女比我尤甚。唉唉！我推醒因连天辛劳而熟睡的妻子，和她聊聊自己的忧虑：可怜天下父母心，花上万美元，千辛万苦跑这一趟，怕是瞎子点灯呢！妻子在半寐中说：“儿孙自有儿孙福，别操那份闲心好不？退一步说，他们两个不吸毒，不进帮派学坏，便是天大福气。睡，睡，明天还得‘行山’去呢！”

“行山”，是乡间土语，意为扫墓。我家祖宗的墓地，都在离村三里路的丘陵上。次日早晨，微雨霏霏，是最能陪衬扫墓人心绪的天气。我和亲人、乡亲们，扛上甘蔗捆和从集市买来的整只烧猪，挑着盛满“行山糍”鸭蛋、三牲和纸钱线香的箩筐，走到山上。早春的山野，草开始泛出柔弱的鹅黄。密密麻麻的坟头上，纸钱在风里抖索。雨后崩塌的山坡，裸露出红如处子之血的朱砂土。亲人们在刻着我家祖先姓名的碑石前，摆开供品。噼啪的鞭炮响过，接力似的，松林里传出布谷鸟凄厉的鸣声。山岚蜿蜒，和山下溪水上的雾气混成一体。

我在祖父和祖母的坟前蹲下，抚摸着花岗岩上的刻字。儿子看到我非比寻常的凝重神色，不敢放肆，静静地站在身后。我说：“文儿，这里长眠的，是你的‘白公’，还记得他老人家吗？”“白公”是土话，意为曾祖父。我们出国那年，祖父刚交八十，还健在。儿子想了想，用英语答：“记得，腰弯曲的老头儿，爱拿一枝竹子，咕噜咕噜地吸，又会冒烟，很新奇哩。”儿子说的“冒烟”物件，是乡下人所抽的水烟具，俗名“大碌竹”。他有意弥补昨天冲突所造成的裂痕，口气温和，使老子挽回了面子。我说：“‘白公’最疼你呢，可惜你记不起来。家里他最老，你最小，他进墟一趟，一定给你捎回个叉烧包。老小在一起，可也没少闹矛盾。有一个冬天，‘白公’戴着绒线帽，坐在屋檐下晒太阳。你蹦蹦跳跳地过去，轻轻掀开他的帽子，让秃脑袋吃个小小栗子。‘白公’真的恼了，起来追，非要教训你。爷爷过来劝架，抱你去赔罪，让‘白公’的白胡子扎你的脸蛋，‘白公’的气才消掉。”往事里的曾祖父，一点威严也没有，活脱是一会儿玩耍一会儿怄气的小伙伴，很撩起儿子的兴致。他一个劲追问我“白公”的事。我又说，我们出国前，向老人家辞行，他搂住你们兄妹久久不放，说最舍不得。他晓得以后再也见不到曾孙们。说着，我的眼一热，对着儿子流下泪。

对于长眠于故土山岗上的祖父祖母，我自有绵长的依恋，回忆牵引着我的童年和少年。好脾气、爱在半夜哼唐诗的祖父啊，生性泼辣、去世前老念叨要为我娶媳妇的祖母啊，天涯羁旅的孙儿给你们行礼来了。昔我往矣，今我来思。在酥润的泥土上，屈下膝盖，在异邦无论遇到什么困厄都不曾弯曲的膝盖，把多少年的思念化为低沉而坚忍的叩头声。我的前额，贴着、沾着家山的泥土；我的心，装着祖先的容颜、祖国的山川。我缓缓站起时，却看到，儿子不知什么时候把妹妹拉来，在我跪拜的地方，并排跪下，完全仿照我的姿势，向他们曾见过面的“白公”和不曾见过面的“阿白”（曾祖母），恭恭敬敬地叩头。我对着溟蒙的雨丝拭泪微笑。妻子过来悄悄告诉我，刚才她在旁数着，两个儿女叩了九个头，“从来没这样认真过哇！”“九”是“久”，汉字的含义，孩子们倒是从小吃除夕团年饭时，妈妈就教会的。

祭祀完毕，乡亲们在坡地上摆开供品，斟上“三蒸”米酒，打起牙祭。我把父母和妻儿——我生命中三个最重要的女人和两个男人——叫齐，在祖坟前照相。要让家山知道，让地下的先人知道，“根”伸延到迢迢万里之外，仍旧粗壮，我们无愧于老屋神龛上的木刻对联：“世代源流远，宗枝奕叶长。”现代的中国人，既没必要也不可能固守姓氏、宗族的狭隘观念，我这里指的是广义，中国人的本色只体现在中国文化香火的传承。我终于省悟此行的意义：使后代拥有乡愁。他们离乡时太稚嫩，乡愁来不及扎根。

那么，让还乡之旅把乡愁种进他们的心田，一如在春雨中种下油绿的相思树。是的，眼前“无边丝雨细如愁”，但是乡愁并非单纯意义上的离情别绪，不只是对往事的追怀，不只是自怜和自伤。乡愁的迷人，在于它总是“记吃不记打”，它是纯化的故人情，醇化的故乡恋。拟于文章，乡愁是选本。拟于爱情，乡愁是蜜月。拟于友情，是诗酒风流。乡愁里只留精华，而淘尽糟粕。我的儿女，把故乡带回日常生活的国度——我称之为异乡，虽然我拥有它的国籍；却是后一代安身立命的本土。距离和时间，将在孩子们的心中，把青春还乡的一幕幕，连同陌生而亲切的家乡土话一起酝酿，愈久愈成为陶冶精神的中国式诗意。孩子拥有乡愁，文化背景就多了一重景深，生活视野多了一条地平线。我为了自己先后拥有的两个国籍而自豪，也希望儿女为了重新拥抱出生地而骄傲。儿女们：中国，是美丽的名字。寄寓在中国的乡愁，是最美丽的乡愁。

几天后，我们坐面包车，从村里离开，踏上归程。在村口，我们和乡亲珍重握别的当儿，女儿又失了踪。不过，这回因有人报信，连她爷爷也不着急。女儿是到村南一栋新瓦房去，向正在拌和水泥的“叶姆”道别的。女儿掏空口袋，把在乡中收到的人民币“利是”，连同心爱的蝴蝶发夹，送给最新的忘年交。女儿回到车上，我问她此行的感想。她无师自通地套用美国老牌歌星汤尼·班涅所唱名曲《我的心留在旧金山》的旋律，哼了一句“我的心，留在我的故乡”。

在“养家银”的两端

午间，走进唐人街邮局，打算买一些邮票。得排队。柜台后的办事员吆喝“下一位”，排在前头的人移动着。一位同胞引起了我的注意。他该很老了，从几乎成一字的后肩无从揣度年龄，但带老人斑的手显得畸形，只有经年从事室外粗重劳作的人才有。教我想起广东已故名画家司徒乔一幅名为《三个老华工》的速写：三个头像，一戴毡帽，另外两位，短发如戟、如蓬草，胡子、皱纹，尤其是法令纹，把无穷无尽的辛劳、屈辱折叠起来，只呈现其结果：麻木。1950年，司徒乔坐“威尔逊”号轮从美国回国，船上遇到三位老华工，听他们讲述往事，顿时激情澎湃，在海浪颠簸中画下这一不朽之作。

眼前这张脸该也饱经风霜，只见他从用布裹了几层的钱包里，抽出一张一百元钞票，又抽出一张二十元，迟疑了几秒钟，再抽出一张十元，仔细数过，递给办事员。我猜想，他要写一张现金汇票，放进信封，邮回老家。果然，办事员利落地点钱，开动机器，把老汉亲人的英文名字打在现金汇票上，笑嘻嘻地递给老汉。老汉接过，神圣其事地细看，确保无误，扭过头，姗姗地走过一旁，填写挂号信的表格去。全过程虽才费时五分钟，但队伍忽而拉长起来，有人不耐烦地看手表，有人嘟嘟囔囔地抱怨。

我好奇，又不好唐突地绕到柜台另一侧去看个分明，只好盯着他埋头填写表格的姿势胡思乱想：他是谁？可能性太多了。唐人街餐馆的洗碗工，萨林那斯农庄收大葱的农民，下城写字楼的清洁工，富有洋人所雇的园丁……可能是住在唐人街的廉价客栈，每月靠政府福利金过活的单

旧金山唐人街邮局

身汉，也可能是在不远处的“纳山”这富人住宅区拥有房产的杂货店老板。一身皱巴巴的旧条纹西装、便鞋、从口袋伸出一角的手帕不能透露身份。我却从他郑重地放进航空信封内的汇票，想起一个带着无限乡情与相思的名称——“养家银”，并且想到它所连接的另一端——家乡的一个村庄。

他很可能是我的同乡。我小时候，逢上夏日，村里儿童在禾塘纳凉，对着满天繁星，拍着小巴掌唱：“香港仔，香港赚钱香港使；金山客，掉转船头百算百。”“百算百”的美钞，一百多年前，就是这般，起初从与老汉一般的汇款人为开端，通过“水客”“巡城马”银号，后来通过银行、邮局，带回或寄回的。有好些年，无法直接汇寄，还须通过香港中转。这过程，留下了富于历史价值的实物——银信。

“养家银”，开宗明义的一笔叫“回头银”。亲人出洋，凌晨两三点，天没亮，在家拜祭过祖先就起程。随即，家乡的亲人到村前榕树头旁，在花岗石做的“社稷之神”（俗称社坛）上，毕恭毕敬地供上长明灯。社坛左右两侧，各有一个灯台，也是花岗石做的，中间凿空，开了孔眼。随季候风的不同，在避风一侧的灯台内部，放进灌上食油的灯盏。那油，可是全家从嘴巴里抠出来的。再放入三根洁白的灯芯草。坛上摆三牲，叩拜过神明，许下愿，烧过纸钱，开始点亮。此后，每天要来添油，确保灯长明。这一盏在村头亮起来的蝇头小火，从此与村里某一户人家窗棂所映的灯光遥遥呼应，那是刻骨的牵挂，揪心的思念。漂泊在太平洋上的亲人，航程要一个多月，他的命运仿佛系在摇曳的长明灯上。山长水远，天涯海角，盼啊盼啊，辗转反侧的忧虑！“行船跑马三分命”，安危谁敢保证？

终于，镇里送银信的人上门，“回头银”盼来了。天全亮了，杀猪还神，宴请乡亲。只是，乡里人未必晓得汇率很高，使得侨眷们扬眉吐气的美元，浸透异邦亲人多少血汗。百年前，一纸“劳工契约”，把“猪仔”送上俗称“大眼鸡”的远洋轮。“其时美国西部，尽是荒芜不毛之区，华人来美担任劳役”，“由罗省至天马一段铁路铺轨工作，因天时酷热，中暑而死之华工达一万人”（摘自《美国华侨移殖史》）。用美金所兑成的，这一笔笔辗转寄回去，变为白花花的银圆的“养家银”，甚而是累累白骨的化身。

之后，开杂碎馆、“衣裳馆”，当园丁和农场工人的乡亲，汇回去的钱也一样沉重，它不但意味着漫长的劳作，还有种族歧视下难忍的屈辱和离恨。如果说“家书抵万金”，“养家银”更是在灵与肉两面具极重大意义的物件，它意味着：一、漂流在外的男人安康；二、能干活赚钱；第三是最要紧：没有移情别恋。要知道，苦守空闺的糟糠，只是新婚时跟“返唐山”的丈夫聚首那么一两个月，接着是无际涯的活寡，有的甚而夫妻连面也没见过。她们除了不多的家书和每年多则三四次，少则一次的“养家银”，还有什么慰藉？如果男人在外，娶上金发碧眼的“番婆”“鬼妹”，就更没指望。有了或多或少的侨汇，相思之苦，别离之痛，家里没有男人的千般难处，都可以抵销了。

万一外头的男人没依时寄钱，怎么办？写信催。乡里代写书信的行业应运而生。格局大的，在小镇行人密集的骑楼下摆一张桌子，书桌一般大小，但高得多，不高不能显出满腹经纶者的能耐似的，上面放文房四宝。局面小的，逢五天一次的墟期设摊于市，在猪崽受阉时所发出的惊天动地的嚎叫中，在“好靓番薯干”“便宜西洋菜”的叫卖声中，费力地倾听妇人的申诉。顾客以农妇居多，表情腼腆而语气缠绵。措辞的轻重，语气的掌握，由执笔者

台山银信大楼旧址

掌握。这类专业人士，多是先前教过私塾的饱学之辈，惯会把既不识字、也没见识的村妇，那些零乱而带着无穷哀怨的诉述，变为一封文白夹杂、文情并茂的家信。谈过家事、乡情，自然归结到钱。

1965年，我在家乡的岗宁墟（它后来成为姜文电影《让子弹飞》的拍摄地）因避雨走进一铺子，主人是专司写信的先生。铺内的正面，贴着自命不凡的楷书对子：“写繁颐我拙，信简合人言”，藏头格缀“写信”两字。一位大婶打着雨伞进门，把“趁墟篮”放在门角，先和先生聊罢家常，才慢慢商讨信的内容。

我少年时，正逢“三年经济困难”，侨眷们盼外汇尤其急迫。一般国营商店的店员，每月薪水才三四十块，番薯涨到一块钱一斤，“黑市米”卖到三块五一斤。侨汇可是拿来救命的啊，于是，我凭着小学五年级的学历，当起写信先生来。住在小墟附近的二姨婆，哭丧着脸上门，本来要央求写得一手颜体的祖父，给她在美国开“衣裳馆”的二儿子写信。祖父在国营药材店当抓药工，哪有工夫？二姨婆便抓我的公差。她说一句，我记一句。开头略道家人近况，随即诉苦，我用嘴吮吮铅笔芯，自觉身负大任，一如大臣写奏折，一笔一画地在信笺上写：“百货腾贵”啊，“买物如找金”啊，“啼饥号寒”啊，“瞻望前景，忧心如焚”啊……二姨婆是地道的文盲，却满口是《秋水轩尺牍》里的词语，字音也许读歪了，但意义错不到哪里去。两个月过去，求援信发生效力，美金汇到香港，再转到二姨婆手里，她喜滋滋地上门，送了我五块钱“红包”，平生第一遭拿到“润笔”。可是，这种书信体，若在文学上归类，纯粹是“拜金主义”一路，不足为训。

年长以后，这等上不得台面的“作品”，我为人作嫁，写的也不少。在乡村小学校当教师时，下村到学生家访问，跟家长混熟了，少不得应命代他们写信，兼写英文信封。无一例外，向海外亲人救援。有什么办法呢？侨乡在历史上是仰赖侨汇的，每年的侨汇数额与工农业总产值相近或过之，“文革”后期极“左”派曾大批所谓“三洋思想”——崇洋，慕洋，靠洋。批归批，侨汇照领，要不，每天靠“大寨式记工牌”上三个空空如也的小圈圈，折合人民币不到五分钱。有一年寒冬腊月，我在“刘氏二世祖”宗祠改成的教导处里备课，饥肠辘辘，两手发抖，清涕直流。快下班那阵，学生阿成的父亲“高佬义”进门，一把扯住我往他家走。我还以为阿成这调皮鬼闯了大祸。“高佬义”却压低嗓门说：“成事啦！钱来了！一百五十美元！该庆祝哇！你是第一号功臣，我非得敬你几杯！”进了他那四壁萧条的家，煤油灯下几双眼睛，忽闪着快乐光彩。灶膛里温着一只香喷喷的大阉鸡。多年来因侨汇断绝而陷于赤贫的家庭，这一夜响起了笑声。“问渠哪得清如许，为有源头活水来”，侨汇就是活水。我帮初代“高佬义”写的信，确实起了大用。因为“高佬义”

的父亲，1949年前到了美国波士顿谋生，“高佬义”与母亲在家相依为命。土改时，只因母亲在1949年前一年节衣缩食，存下一些侨汇，拿来买了三石稻田，雇人耕种，给划了个“富农”，遭到清算；土地被没收不算，工作队还日夜审讯，向她追“浮财”。妇人胆小，交出所有金银和美钞，最后上吊身亡。阿成的祖父在海外痛悼亡妻之余，迁怒于儿子，说他没尽本分保护好母亲，从此断绝接济，父子形同陌路。重重的误会，靠我代写的信一一消解。我曾趁家访，听“高佬义”一边抱着“大碌竹”抽水烟不停，一边缕述当年情景，听了两个晚上，再提笔替他写类似李密《陈情表》一般的信。苦心推敲，活现诸般细节，解释历史疑团之外，着意渲染了父子亲情，小儿女对素未谋面的祖父的思念。四页的长信写毕，到阿成家给他的家人读了一遍，打牛屁股打了半辈子的老实疙瘩听得泪流满腮。信封写着“鸡肠”的收信人住址的航空信，果然打动了大洋那边开了多年杂货店、薄有资产的老人，他开始付钱回乡。从此高佬义一家，虽未完全摆脱穷困，但比以往强多了。这种靠侨汇过日子的方式，乡人称为“撒信角”，以别于靠“修理地球”为活的“搏佬”。

1980年，我和家小从家乡移居旧金山。角色的转换，从在“衙门”起草《关于贯彻执行地委××局〈关于贯彻执行省××局××号文件的决定〉的决定》一类文牍的小公务员，变为一无所有，从头学起、做起的“新乡里”，诚然狼狈；但从仰赖他人鼻息的接受外汇者，一变为供给外汇，即台湾称为“金主”的人物，感觉与巴尔扎克笔下那在每一只骨节粗大的手指都套上足金戒指的暴发户相类。初来时在唐人街餐馆当练习生，收入虽微薄，但可尽点孝心，给家里寄一两百元，让家里给老祖父祝寿。中风后一直卧床的叔父，也能予以支援。双亲和弟妹的日常生活，我自然得要照顾。乡中要好的友人结婚，送得出一份较丰厚的礼物。要是仍呆在老地方，只好拿“秀才人情纸一张”自解。

有一年，农历新年近了，到唐人街附近的廖创兴银行去汇钱，贪图它不计金额大小，都只收三块七毛五汇费。想到离乡背井，无能与最疼我的祖父以及双亲、弟妹一起过年，伤感猝地袭来，正填写着的汇款单仿佛千斤重。随即想到村头邮递员清脆的单车铃声，想到母亲撩撩额前的白发出门，殷殷地等待侨批局送款人那一声最美妙的呼唤：“××婶，美国来的汇款单，请签收！”写不来字的母亲一定急得跳脚，把猪舍前忙活的二妹，或者把在禾塘闲坐的三弟喝叫过来，拿笔签名。随后，一家子传阅我在万里之外的深情祝福，满堂笑声，围绕着“养家银”如何开销讨论……母亲满足了，不论精神还是物质上。想象中的这一幕，就是开辟草莱的“新乡里”时期，深夜在旧金山街头，洋妓女招徕客人的“哈啰”中，在横行的英语和顽强的母语的厮缠中，所得到的报偿。

亲手寄出“养家银”，固然生出“有担当的男子汉”的豪情；遇到一些信中出现过名字的乡亲，感觉尤其特别。在乡间代人写信，“收信人”一方总是朦朦胧胧的，他们在美国干什么？过怎么样的生活？待到在唐人街茶楼见过面，在同乡会叙过旧，在族人春宴的席面碰过杯，昔年笔下的“父亲大人”“××尊叔台”“最亲爱的××哥”，都栩栩地活动在眼前。这位在华人医院当清洁工，同乡会里爱缩在角落发呆的老伯伯，因为寄钱给侄女娶媳妇而被侄女全家奉为“救星”。那封诉说他侄女的大儿子打光棍之苦的信，出于我的手。我那次刚上完课，拍拍两手粉笔灰，在校园凤凰树下的石凳上，代他侄女写信时，想象中的“她亲叔”，是遥远大洋那边开大工厂的老板，惯常口咬着一根古巴雪茄烟，双手叉在三件头西装的背心内，威严地巡视，有时在办公室里按铃，指挥下人。

在“养家银”的任何一端，都无法具体而微地体会对方的生存状态。金山客不能确知乡中亲人的苦乐，乡中亲人对海外更是隔膜。从抗战胜利到解放那些年头，我们的家乡盛产“二世祖”。这些年轻人，既因美国移民法限制，出不了国；又因能靠父辈的侨汇维生，自以为得天独厚，每天出门炫富斗阔，在赌博馆内、花街柳巷里花天酒地。如果他们从吮吸脐带的角色转变为供给者，还有这般气派吗？直到如今，一位内地新移民，一头栽进衣厂，每天在裁布床旁操劳十个小时以上，说到寄钱，他气呼呼地撂下一句：“乡下哪个‘伸手牌’来信要钱，我操他娘！”此公自己，在国内多年靠父兄的外汇养活，从来理直气壮呢！

好在，故国实行改革开放，侨乡人富裕了，对侨汇的依赖大大减少，“养家银”的两端渐渐趋于平衡，不再是单方面的“施与”和“接受”。早年邮局所见的那位老汉一般的人物，如今已少见，以后怕要更其稀罕。这是侨乡之福，祖国之福，游子之福。

唐人街的女乡亲

好久没在唐人街瞎逛了，这“瞎”，一如从前的盲婚，遇着什么算什么。并无预谋，口袋里既没有老婆硬塞进的购物单，也不想找人陪着喝下午茶。信步而行，满街是同胞和聊备一格的异胞，市声是乡音加上稀薄的英语。我素来不爱“瞎拼”（购物），上街一般带着强烈的功利主义，但今天不是。闲暇的视线所及，说不尽的新鲜感。

走进一家糕粉店。来过上百遍了，不是因为牌子响亮，而是因为它位于闹市。店面拥挤非常，一个长柜台和柜台后的货架，占了四分之三空间，却在过道放上两张迷你圆桌。顾客在柜台前付钱拿货，腿部几乎挨近圆桌的边，居然有食客安之若素，坐吃每块五毛的糯米糍。不过，这等不算赏心悦目的景致，没有败坏我的兴致。我不但喜欢这里的葱油饼，它的味道酷似老家的咸煎饼，而且欣赏这里的售货员。都是女流，干练，沉着，一色台山老乡。不过，并非为了看美女。若说外观，她们不算妩媚，胜在健康和敏捷。她们在柜台后逼仄的一隅，互相闪让，扁身而过，招呼客人，从蒸笼和柜台拿食物，装包，算账，收钱，一似在田垌里挥镰割稻子，翩然酣然，看着爽气。面对盈耳的乡音和笑声，忽然想起，没有写唐人街的女乡亲好些年了。

我曾被晾晒在铁丝网上的白菜干感动。老妇人凭一双青筋和皱纹重重叠叠的手，利落地把煮成乌青色的白菜从桶里捞起来，在老人公寓楼下的铁丝网上摊开。阳光正好，白菜帮子和老婆婆额头雪似的头发闪烁着迷幻的光。仿佛听到黄莺在近处枝头歌唱。在乡间，冬天晒制、储存

唐人街店铺

的白菜干，到了盛夏，佐以蜜枣和果皮做汤，是消暑的上品。土气的食物，被女人轻而易举地照搬到万里外，成为全球著名旅游胜地的一幅远东乡土风景。

我曾被街旁肩扛50磅大米袋走路的女性感动。她个子矮小，白色米袋压着瘦削的肩膀，很是触目。她在上陡坡，呼哧呼哧的喘息隐约可闻。异乡日子的重担，就这般承担着。她并没把这当回事，从车衣厂下了班，上街买菜，捎带把米也买了，省得当建筑工的丈夫到了假日开车来一趟。

我曾经被早晨校园旁边的一幕感动。母亲陪着女儿上学去，一路上，母亲絮叨，女儿噘嘴。看来，母亲的话并不中听。母亲是过来人，她太明白女儿的小小伎俩，教训总是命中要害。女儿受不了，宁愿和光会哄人的父亲一起走。然而，深沉无比的母爱写在"恨铁不成钢"的脸上，为女儿抻衣服下摆的手势上，并肩的影子上。女儿迟早会晓得，母亲是最爱她的人。女儿进了校门，母亲站在围墙外，默默看着。她不懂英语，她把对今天的遗憾与对明天的期许全压在后代身上，眼神像早晨的太阳。

一年年，在唐人街，我和提着购物袋、袖口挂着线头的衣厂女工擦身而过；在婚宴上，和忽然不可思议地珠光宝气起来的女乡亲见面，免不了大惊小怪地叫，努力回忆上次见面是哪一年。和我一起移民的同村乡亲老下去了。刚来时喝她们的喜酒，如今轮到喝她们的儿女的喜酒。渐渐地，我把她们忘记了。“落日故人情”，说得多确切！渐次趋于冷漠和黯淡，是余晖的宿命。谋生的忙迫和人际关系上要命的疏离，一似锋利的海平线切割火红的一轮。时间把和村头井台连带的一切解构，女乡亲的面影只浮现于偶尔到来的乡梦，倒映在梦里的井水上。

然而，今天我惊醒了，被糕粉店女工甜甜的一声。“靓仔，馒头是刚蒸好的，买几个？”我正盯着收银机前两个系花围裙的身影，竭力回想，在哪里见过她们？也根本没想到，这岁数还有人赠我这一仅仅适用于小青年的高帽。女工走近我，又叫了一声。我噗哧笑了，摇摇头。只有进城不久的乡下人，才认为它和称天下女人为“靓女”一样无往不胜。

然而，这么一来，我不得不对她细加端详。我敢打赌，她是小同乡，尽管她操着省城话。可爱的乡亲几乎免不了两重误会：一、离开家乡，就得摆脱土气，最表层的土气是乡音；二、到了外国，就要摆“见过世面”的谱，“谱”首先体现在口头上。而且，我断定，她移民到这里，顶多一年——新乡里。她模样姣好，可能是被持绿卡或公民护照的男子回乡娶来的，从前叫“过埠新娘”。

她和糕粉店的女同事，与我一样，来自南海之滨的珠江三角洲末端。也许是井蛙之见吧，我老以为，只有家乡才出产这般可爱的女人。她们未必美艳，南国的骄阳，年复年地给她们的皮肤抹上一层褐黄，拿“肌肤似雪，吹弹得破”这些适用于“北国胭脂”的词语来形容她们，大抵和称老头子如我为“靓仔”一样无稽。可是，她们很不简单。偏矮的身量，偏胖的体型，长年的田间劳作赋予的腰板稍嫌粗阔，然而不失矫健。多台风、多酷暑也多严寒的南方造就强韧的体格。她们出国前，在村里出勤，头上的斗笠遮住两个人——自己，以及被绣上“龙凤呈祥”字样的背带绑在背上的小女儿。宝贝的手里拿着一朵去了刺的蔷薇。肩挑一百来斤的粪桶，在泞滑的田埂上奔走如飞。繁重的体力劳动，是她们的特长。山野的女儿，到了美国，“能吃苦”成了优势：身处底层，也活出尊严和成就感。

我们不是老拿“乡愁”当作中秋夜的清供吗？乡愁的第一层次，是水土不服所引发的“胡不归”的长吁。对此，女乡亲却幸运地免疫。她们不像养尊处优的城里人那样，对在唐人街中餐馆洗碗、在车衣厂包装成衣、在人家当保姆这类“下等”职业深恶痛绝，她们把“吃苦”当作人生使命。哪里不艰难？这里有风扇，有冷气，星期天加班，老板请吃盒饭；在老家，三伏天割稻子，连知了也给热哑了，只能灌清明茶！在糕粉店卖货，比衣厂轻松，和形形色色的人打交道，并不枯燥。亏得旧金山市政府的新法例，最低工资达每小时8.15美元，和种田的菲薄收入比，她们满足得很。每月至少一次往银行跑，往活期户口存进一笔。

在糕粉店卖点心，最大的尴尬出在语言上。东张西望的洋游客，为了体验美国本土的中国风情，不但要买虾饺和烧卖，浇上逾量的老抽，拧着眉毛大口吃下，还爱向售货员问这问那。她们一律抓瞎，要么时髦地耸耸早年被重担压得僵硬的肩膀，要么进厨房把老板娘请出来应对。第一代移民的第一道难关永远是语言，她们只有小学或者中学程度，从乡村直接进入异国都市，跨洋过海的“大乡里出城”，比原先是大城市居民或受过高等教育的同胞，要面对尖锐得多的文化冲突。有趣的是，她们在旧金山的“姻亲柏文”（由车库改建的非法附加住宅单位）或廉价客栈单人房里定居，并没有巨大的心理落差，原因在于：她们的生存状态，基本上和国内的二十世纪八十年代以前没有大的差异。为谋生而奔忙，站八个小时柜台，两三个小时乘巴士来回，做饭，接送孩子，晚间一个小时的中文电视新闻，最高享受是临睡前看一两集韩国电视剧，被女主角感动得泪一把涕一把，狠狠捶了几拳嘲笑她的老公，才眼睛红红地钻进被窝。一天饱满而平淡地过去。她们受惠于简单，得益于知足，忧郁症是衣食丰足、有房有车的老移民才有资格生的富贵病，暂时和她们无缘。她们目前有的，是吟哦“虽信美而非吾土兮”的博士后缺乏的精神优势。

不能说她们没心没肺，她们不懂乡愁这文绉绉的字眼，但对故土的怀恋，不在任何人之下。“老金山”衣锦还乡的理想，她们是坚定的继承人。她们和丈夫孩子回到老家，在村头烧的鞭炮，是要用长篙伸到屋檐上，和炊烟争长短的；她们在村头禾塘或者小镇餐馆摆的酒席，不但要堂皇，而且要在门口写上“××宴客”的标语。在老家赚足面子，不丢祖宗的脸，是她们的美国梦的核心。

我提着粉红色购物袋，站在糕粉店门外，一边等候巴士，一边有滋有味地隔着玻璃橱窗看里头卖糕点的女乡亲。伙计们正在开午饭，热气腾腾的四大碟摆在玻璃柜面上：咸菜蒸猪肉，凉瓜炒牛肉，咸鱼，炒白菜。售货员和厨工鱼贯而来，各自往手头的海碗夹菜。顾客来了，其中一位放下碗，用手抹抹嘴巴，带着油光闪闪的笑脸去迎迓。小圆桌前吃皮蛋粥的客人和她们是老熟人，一起说说笑笑。这样的“众乐乐”，放到档次稍高的外卖店，绝对办不到。雇员和顾客一起用餐，成何体统？可是，在这里显得十分自然，我想起故土乡村的红白大事，锅台前，厅堂里，婶母们也是这样聚集的。更与之相近的场面是“做糍”，一家有喜事，如嫁女、娶媳妇、“揽生日”（为长辈的生日送贺礼）、“做节”（为节日做准备），多位住处相邻的嫂嫂被请进家来做煎堆，在案板上把米粉和热水揉好，搓成里面空心的一小坨，以嘴吹气，再放进油锅炸。整个操作过程，最能体现乡村女子的美德：勤快，合作，爽朗。想不到，这一类童年习见的景象，再现在唐人街的糕粉店。刚才甜甜地叫我两声“靓仔”的年轻嫂子，把筷子伸向远处，夹起一只和她的桃腮比美的红虾仁，一边咀嚼一边和吃肠粉的“熟客仔”说话，兴致高起来，咯咯大笑，全店的人都附和着笑。那是乡村禾塘夏夜乘凉的景致，充满默契、友爱和幽默。蒸笼的水汽缭绕着店员的围裙和或长或短的黑发，这一刹那，我被感动了，被震撼了。比之晒菜干、扛大米和陪女儿上学等教我难以忘怀的片断，这一景象更具展现本质的意义。

不是吗？女乡亲就凭着要么天授要么成于后天的乐天，一代代地活过来，一程程地挺过来。三十多年前的春荒里，我亲眼看到，她们每一顿都只吃上水一般的稀粥加豆角叶，出勤赚大寨式工分，依旧嘻嘻哈哈，没当一回事；如今，温饱不成问题，一如绿卡和搭巴士上下班不成问题。这品格是土地所赋予的，所以具有不可摧毁的厚重；是村溪所造就的，所以具有随物赋形的灵巧。她们温婉而坚毅地前行，面对，或者绕开诘屈聱牙的“阴沟流水”（“English”一词的谐音中译），面对，或者绕开信用卡、驾驶执照、入籍考试，面对，或者绕开乡愁，挽着家庭、孩子，以及不讲情面的岁月。

一张讣告

一

手里拿着一张讣告，坐在灵堂。轻柔的基督教哀乐萦回周遭，十八个花圈靠在墙壁上，映照着从百叶窗透进来的午后淡淡阳光。讣告全是英文，简单明了，翻译过来是这样：

朱同珍，永远活在记忆中。

7月15日，星期天，下午一时。地点：科尔马镇柏树坪殡仪馆梯芬尼厅。

朱夫人生平：1930年8月出生，2018年6月25日去世，享年八十八岁。

朱夫人之父为李维福，母为何惠娴。幼年丧父，她及一弟一妹均由寡母独力抚养。朱夫人十七岁那年，嫁与从美返国的朱泽群。朱先生婚后不久回美。长女秋霞出生于广州，母女在国内住了两年，又在香港住了两年，然后移民美国。

在旧金山，朱夫人学会了缝纫，工作于唐人街一家小车衣厂。不久后进入著名的“寇列”时装公司，任样板师傅二十五年。六十五岁退休。

朱夫人育有三子一女（姓名略），孙儿女五位（姓名略），曾孙儿女五位（姓名略）。

讣告后面，附上葬礼程序，以及扶灵人、“荣誉扶灵人”名单。

一切都有条不紊，可见做足准备。

二

美国的纸媒业，历来存在一个“代写讣告”的行当。布鲁斯·韦伯（Bruce Weber）先生在《纽约时报》担任此职凡八年，为年龄从十一岁至一百零四岁的上千名死者及“准死者”写过讣告。他们之中的大多数，是难以举出“特别之处”的普通人；少数则不同凡响，如某男子，有一座山峰以他命名，某男子劫持过一架飞机，某女士改善了婴儿的护理状况，某女士射杀了一位棒球手。一些人活得久，事业辉煌；有的死得极为突然，报社猝不及防，只好加班赶写讣告。

韦伯还说，写讣告并非一律是人死了才动笔，不少是提前写的，叫“预稿”。这样做，时间充裕，可以字斟句酌，达致典雅、精练，能较全面、准确地介绍对方的生平。而况，去世日期空置的讣告，迟早会等来，“那个日子”绝不可能落空。职是之故，韦伯说，假使作者本人归道山数月乃至几年之久，但由他署名的讣告仍陆续刊出，不足为奇。

我不知道朱同珍夫人的讣告出于何人之手。无论从哪个角度看，它都算得无懈可击。岂止讣告，已臻“米寿”（八十八岁）的朱夫人，也是“善终”的典型。中国人推崇“寿终正寝”，按古人成例，所谓“正寝”，是在家里“正中的房间”去世。在她的家乡，这房间指村屋的厅堂，但此语只适用于男子。她未雨绸缪，不劳动儿女，把后事预备得妥妥当当。

早在二十年前，她就为丈夫朱先生及自己购下墓地，彼时才花数百元，如今涨价数十倍，穷人未必“死得起”，这不算特别；她从五十多岁起，就把夫妻俩的瓷像镶嵌在墓碑上方，则相当稀罕。比她年长十多岁的丈夫去世后，每年春秋两次，她去扫墓，总看见不明就里的扫墓者给她的“墓”插上鲜花，她喜不自胜，一次次地对朋友夸耀：“我提前享受祭祀，比你们有福气！”她退休以后，身体状况不错，直到八十岁以后，糖尿病失控，才走下坡。去世前四个月，我随太太去她家探望，她躺在床上和我们说话，底气虽不足，但心安理得，笑了几次。最后是因心力衰竭而撒手。

三

葬礼开始，主持人上台作开场白，亲人依次发言，都拿出讲稿。只有大儿子，读了一半，就把两页纸塞进口袋。

我一边听一边拿手中讣告和台上的英语演讲对照，不期然想起波兰女诗人辛波丝卡（Wiłsawa Szymborska）的名作《写履历表》。履历表用于“用世”，如入学、见工，讣告用于生命的终结。二者的共通处，是陈述生平；二者的不同处，前者有所取舍，形诸这首诗，就是这样：

有关林林总总的爱情纠葛，只提及婚姻；有关所有的儿女，只提及业已生下来的；和你息息相关的人，并不只你所认识的那些，可是谁对此在乎？旅行次数再多，也只提及出国的。被哪些团体吸收要列出，但不必提及你“如何加入”。奖项不能遗漏，但不用提“怎样获得”。你写时须持这样的心态：好像从来不曾自说自话，也一直和自己保持距离。至于你的狗儿、猫儿、鸟儿、诸般被灰尘覆盖的纪念品、朋友乃至梦想，哪怕再多，也不值一提。

讣告虽没有这么多穷讲究，然而，二者都太简略，太“中性”，乏人之所以为人不可缺的体温。人的一生，哪怕平庸之极，在亲人的心里，总留下或深或浅的印记。有血有肉的细节，难道要和灵柩内安卧的人一起，被埋进六尺泥土以下？

且听听朱夫人大儿子的“即席发挥”：“我那年六岁，一家人去里诺赌城玩。爸爸的赌瘾来了，走进一家赌城里面和老虎机搏斗，把我们撂在赌场门口。我和弟弟、妹妹乏了，妈妈在靠墙壁的地面铺一件她的夹克，让我们躺下来休息。不久，四个人都迷迷糊糊地睡着了。不知道过了多久，输光的爸爸回来，把我们一个个摇醒。忽然，爸爸惊叫：‘奇了，谁放的？’我揉揉眼睛看，原来，身边有一二十张钞票，一块钱面额的居多，也有五块的。问妈妈是哪来的。妈妈说，怕是进出赌场的人以为我们一家子无家可归，发了善心。”顿时，前排响起笑声，不大，不整齐，也不合时宜。我抬高身体看去，笑声来自朱夫人的孙儿女们所占的两排座位。

接下来，是模样酷肖乃父的老二，长相英俊的老三。老三说了几句，就开始擦眼睛。他说起，他高中毕业那年暑假，在唐人街被朋友拉进一个帮派，夜里群聚胡闹，母亲怎么劝说也不听。直到有一天凌晨，他喝得醉醺醺，回到家，推开门，只见玄关前端坐着母亲。母亲只说了一句：“我发誓，要坐到你回家！”从此，他痛改前非。

这些琐屑的故事，讣告不能容纳，只存储在人心。讣告说，朱夫人“活在记忆中”，词句省略了“我们”。我太太作为朱夫人长达二十年的同事，也知道了她一些故事。例如婚事：1948年，她是不懂事的黄花闺女，初次相亲，偷看了朱先生几眼，嫌他太瘦，八字眉，背有点驼，说不愿意。她母亲查了朱先生的家底，祖上传下，在广州西关有八间铺子，对女儿说，嫁吧！值。“我嫁的就是那些带骑楼的房产。”朱夫人退休前指着一张黑白照片对我太太这样说，语调没有伤感，反而带着对命运的调侃。我还注意到，朱先生有一个亲弟弟，终生单身，一直和哥嫂同住。因朱先生不喜交际，沉默寡言。朱同珍参加同乡会的年会也好，亲友的红白大事也好，小叔子总陪伴在侧，兼当车夫，于是，乡亲圈或多或少有闲言闲语。朱同珍最后的岁月，丈夫早已物故，儿女住在别处，相依为命的只有小叔子，送终的是他。此刻他也在灵堂，但蜷缩于角落，并没上台。难怪他，这位年轻时当清洁工，身躯魁梧的汉子，不但英语“鸦鸦乌”，且个性羞怯，最怕抛头露面。他的感情生活，是永远的谜团。而这些，也许是两人平淡、单调、纯然为义务而忙碌的半个世纪异国人生中，唯一的“不同凡响”；也许绝对不是，谁会在乎？

人说，家族记忆止于三代，检索自我，此言不虚。也许朱同珍幸运一点，她有了第四代。这些不谙中文的“香蕉”，在灵堂听到的故事，当在童年的脑海留下涟漪。

中餐馆的电话铃

星期六午前，从十一时起，“幸运”中餐馆餐厅的电话铃声差不多没停过，都是订外卖的。老板娘李太太一个人接听，把菜式写在纸上。要是不太忙，她会疾步拿进厨房。但今天一个劲地接，写，“一份蘑菇鸡丁，酸辣汤不要太辣，好的好的……”老板兼大厨李先生待在灶台前，耳听六路，不必太太打招呼，就从密集的铃声知道太太走不开。

他走进餐厅把一沓订单拿走之前，用厨房里的座机拨打附近一所大学医学院分子生物学实验室的电话，用家乡方言说一句：“珍珍，你快来帮手。”没加解释就挂了。十五分钟以后，一辆福特“野马”牌旧车子开进餐馆前的停车场，停下，一位年过四十的中国女子下车，一阵风似地进门，在餐厅说一声：“妈，我来。”妈妈抬头，揩一下额头的细汗，笑着把话筒递过去。

伴随着电话铃的，是客人进门的脚步声。老太太引客人去就座。午餐进入巅峰状态，厨房里炉火熊熊，执码师傅发号施令，刀、铲、勺作响。侍应生小跑进厨房，把一盒盒外卖拿走。客人进门，付款，在李太太的道谢声中拿起外卖盒子离开。

李先生打了求援电话后，算定女儿到达的时间，炸了女儿最爱的春卷。这一细节李太太早已料到，算好时间，进厨房，从料理台上层，在盛春卷的盘子上放一小碟蘸酱，悄悄放在女儿珍珍身旁的桌上，又去按饮料机按键，用纸杯子盛了一杯带冰块的七喜，放在盘子旁边。这就是宝贝女儿的午饭，让她趁接听电话的空隙吃几口。

“幸运”餐馆位于美国宾夕法尼亚州一个中型城市。二十世纪八十年代，李先生夫妇从台山移民，在这里盘下一个西餐馆，改营中国菜。李先生负责厨房，李太太管理餐厅。李太太初时只认得26个英文字母，当侍应生，无法听明白客人点菜，用了笨办法，请客人指着菜单上的编号。如今，餐厅的白人领班辞职后，她独当一面，举凡接听电话，引客人落座，点菜，结账，无不胜任愉快。经过几年拼搏，生意越来越好。每逢周末，餐厅里坐满了远远近近慕名而来的客人。新世纪初，本地电视台把这一家推为本市“十家最受欢迎餐馆”第三，生意更加红火。午间，从附近的办公楼打进来要外卖的电话特别多，李太太实在应付不来时，就找女儿珍珍。

这“应急模式”是女儿上高中时开启的。父母为了不耽误孩子，不到“撑不住”的节骨眼不打电话。女儿从上中学起，放学后做完功课就来餐馆干活，无论切菜、洗碗、上菜、结账，样样拿得起。她是在美国出生、长大的，英语当然胜过自谦为“三脚猫”的妈妈，只要她在，接听电话由她包。珍珍上高中时，品学兼优，毕业典礼代表全体学生做主题演讲。大学上的是宾州大学，从本科读到研究生。无论上哪一级，有一样东西从来没变，那就是：老爸的电话一来，她就在半个小时内赶到餐馆，走上岗位。之所以从来极少失误，是因为双方都知根知底，女儿的工作时间表，父亲预先打听得清楚。

转眼间，十年过去，珍珍从医学院拿到博士学位，留校做博士后，辅助已担任该校教授的夫婿研究一个项目。珍珍的丈夫是白人，结婚晚，婚后没要孩子，约定这个项目出了成果才考虑。

珍珍在餐厅，左手拿话筒，右手写订单。看到妈妈在餐桌旁为食客上菜，她把订单拿进厨房，客人的特别要求，她会用地道的台山话交代：“爸爸，小心这一单，客人有花生过敏。”

这一天有点特别，中午十二点半，餐厅的电话铃很少间断的同时，极少动静的厨房电话响起来。手拿锅铲的李先生不急于听——这是示威，他料定是批发肉类或蔬菜的公司打来，核实订货数量的，办事员可能是新手，选上错误的时间。不听，是让来电人知道时间不对。但电话不依不饶，响了二十下。看来人家是有急事。李先生拿起话筒，没来得及说“哈罗”，对方说：“爸，我是雅各。知道这个时间最忙，但我必须和珍妮通话。”是洋女婿，听口气急如星火，李先生不敢拖延，走进餐厅，要女儿去厨房接听。正在接电话的女儿一听，暗说一声糟糕！对话筒说一声：“对不起，我要耽搁您一会，我尽快回电。”珍珍快步走进厨房，拿起话筒，一脸是抱歉，她低声解释，说会尽快回去，请他理解。

高峰期一过，珍珍进厨房，拿起爸爸专为她做的糯米鸡，边走边啃，赶回实验室。忙得不可开交，是女儿的常态。爸爸和妈妈早就看在眼里，好几次下决心请一个半工，专接外卖电话。但时间不上不下，没一个人做得长久。况且，无论谁都没有女儿干得好，她那得体，利落，实在，客人都夸个不停。甚至，好几个年轻客人扬言：他们下单买外卖，是为了听听珍妮的嗓音。

午餐告一段落，李先生和太太说起刚才女婿的来电，都觉得有点不寻常。他们在实验室的工作一直很忙，但他通情达理，不会打电话进来。晚上，李先生不放心，给珍珍打电话。珍珍说，中午是她疏忽，一个抽屉的钥匙放错了地方，雅各找不到，所以打电话问，没别的事。

第二天中午，复制了昨天的忙碌。出于惯性，李先生用厨房的电话找女儿，女儿准时来到，一切都是“外甥打灯笼——照旧”。可是，多了一档“意外”——女婿雅各打电话进厨房，要珍珍接。珍珍接电话的神情，带上更多的愧疚。

接下来的两个月，珍珍担任餐厅的“救火队长”期间，雅各的来电多了。珍珍的解释，争辩，声音被抽油烟机的呜呜声掩盖了不少，老爸竖起耳朵听，通话夹着专有名词，什么基因、染色体、核苷、端粒、线性，他听不懂，但知道耽误了女儿的正事。

李先生派太太去问女儿，是不是婚姻出现危机？如果导火线是她从实验室开小差，就绝对不能再来。为爸妈这小生意，害你丢了老公，我们不给骂死也自己愧死。珍珍摆清楚情况：实验确实到了最关键的阶段，有时候她离开，数据无法及时提交，雅各急眼，但经过协调，每一次都有着落，事后和好如初，离婚是绝对不会的。

这以后，李先生死也不向女儿告急。珍珍放心不下，打电话到餐厅去，如果遇多次忙音，就明白情况，直接赶来，教手忙脚乱的妈妈又惊又喜。高峰期过去，女儿要走，妈妈说，不要给你爸看到，知道你来，他会骂死我。

有一天凌晨，瑞典皇家学院给珍珍的家打电话，报告：雅各获得本年度的诺贝尔医学奖。这一具历史性的成就，雅各的另一半——医学博士李珍妮是没有具名的主要参与者。

雅各夫妇放下电话，无法入睡。直到次日上午八时，才给餐馆的厨房拨打电话，李先生提着从菜市买的新鲜蔬菜，刚刚进门，听到电话铃声，自语：“谁这么聪明，知道我这个时刻来到？”原来是珍珍报喜。李先生高兴太过，手一松，菜散了一地。

中午，李太太把接外卖电话的差事交给新来的练习生，也不管这墨西哥小妞懂不懂什么是“北京烤鸭”，什么是“宫保鸡丁”。她小半天坐在厨房，用电话通知尽可能多的亲友：“喂，我家珍珍的鬼佬老公‘可’了个诺贝尔奖。”

她说的是台山土话，“鬼佬”即洋人，“可”是“拿到”。她有意无意地把“可”字拉长，把“探囊取物”的骄傲表露出来。李先生在炉前只顾傻笑。

朱老板这辈子

一

星期天午间，我和几位乡亲在唐人街企李街靠近天后庙街的兴鸿餐馆，一边大快朵颐，一边高谈阔论。在社交稀少、生活单调的异国生涯中，这种聚会差不多是唯一的奢侈。不定期举行，两年下来，形成了模式：位置固定——靠角落的大圆桌，基本成员固定，语言固定——正宗的台山乡音。不固定的是话题，天南海北，过去未来，骂街调侃，文学哲学，素荤雅俗。每次我们据案大嚼时，在厨房里忙活得差不了的老板拖一张椅子，在密匝匝的吃客群中打个塞子。他还没落座，朋友已替他面前状如佛像肚皮的白兰地酒杯倒上橙红色的“人头马”。碰杯声起，大呼小叫一阵，吃饱了油烟气的老板举了几次筷子后，专心喝酒，脸上泛起红光，开始海吹。他，就是这里的朱老板。

“1973年，从台山申请到香港去，难不难？”朱老板问。一乡亲答：“还用说？登天容易多了。台山这侨乡，

‘文革’时似乎一个也出不了，七十年代也关死大门，成千上万的青年人只好‘交脚’（‘偷渡’的暗语）。”

“你猜我是怎么出去的？”大家无不静听。

“我偷渡三次。1968年第一次，成功了，进了澳门的水域，却落在水警手里，被遣送回来。第二次，在中山的翠微被抓。最后一次，步行到中山三乡，白天躲在山坳，夜晚被巡逻的民兵抓住，给押回县城看守所。公社的武装部长陈瑞昂骑单车把我领回村里。我在家躺着休息，等候随时举行的批斗会。想不到陈部长上门来，坐在床铺对面，细声软气地说：‘不跑行不行？太危险嘛，摔死淹死值么？还害得本公社一次次挨县里点名批评。这样吧，你先找个对象，成个家。下次来了名额，我保证帮你就是。’部长的口吻教我惊诧半天。公社动不动开斗争偷渡犯的万人大会，选几个最会打人的基干民兵，专往肋下下重拳，疼得你死去活来。这回，不可一世的官儿来求我。他和我无任何关系，我压根儿不懂行贿，他纯粹是好心。”

朱老板和黄美玲1969年在穷乡村成亲。那年，他的养父结束在菲律宾的洗衣店，退休后在香港定居。朱老板以和父亲见面为理由，拿父亲从马尼拉飞往香港的机票为证明，结果获得批准。

二

朱老板名振鸿，中等身高，圆脸，偏胖。据我在华洋社会三十余年所见，厨师无论中西，到领导一级，无论广东人所称的“头厨”，还是大旅馆内主理上千人宴会的“行政总厨”，身形多宽广，腹部近于“便便”。说到脸孔，鉴于当今硅谷的科技新贵，有的是从健身俱乐部打造的肌肉男，“面团团作富家翁”一说未必成立，但“面团团作大厨”却差不多放诸四海而皆准。朱老板满月般的脸，并非横生的肥肉，而是象征着和谐与满足的丰腴，皱纹当然没多少，除了无肉的眼角。如果不是头发灰白且极少遭梳子和发型师修理，你也许以为他才四十出头。

我每次步下十来级石阶，进入餐馆，必遇到朱老板的另外两位家庭成员——他的太太、当仁不让的老板娘黄美玲，小儿子辉棠。老板娘是大管家。我悄悄问朱老板：“说说，你当年是怎样把太太追到手的？”朱老板瞥了一眼在桌子间忙于带位、点菜、送菜、收钱的贤内助，嘻嘻笑了笑，不大好意思地说：“那是1968年，我在村里务农，那时会议多，大队的头头看我做的菜好吃，三天两头把我调到大队部当火头军。美玲从县城的中学回来不久，当大队的辅导员，上台讲课，口才硬是了得，下面几百人，静静地听。我想，这清秀女子不简单，越看越中意，托大队的书记去说亲。就这样，谈起恋爱来，简单得很。”朱老板边说边看着执手超过四十年的太座，“她过门时是肥人，生下第一个崽以后，苗条到现在。”旁边走来走去的太太听到大意，微笑着点头。小儿子是母亲手下的侍应生，圆脸，身架偏胖，脸相在厚重中透着俊秀。青年时代的朱老板，该就是这模样。

当然，兴鸿餐馆内干活的不止他一家子，还有几名原籍也是台山的女侍应生，都年轻，伶俐。厨房里有五位：洗碗，炒锅，抓码，打杂。传统的家庭式小店，拢共六七十个座位，侍应生没有统一的制服，女性穿深色花围裙。它不但代表职业，而且实用，举凡点菜用的簿子、账单、圆珠笔，连同至关重要的小费，都放在正中的口袋。老板娘亦然，她的与众不同，显示在雍容的气度上。

兴鸿的生意很好，中档餐馆长期维持这样的局面，在唐人街的同行们被金融海啸整得叫苦连天之际，算得凤毛麟角。它的优胜处，在于平衡，不但各同乡会口味正宗的元老们，嘴巴刁且善于捕捉“好吃又便宜”机遇的业余美食家们，都爱来这里摆酒席，吃工作午餐或小聚；而且，众多的洋人，从金融区里不辞劳苦地赶来的西装客，颈下晃着照相机的游客，到操西班牙语的中南美洲移民，都前来光顾。可见它对付中西顾客的两套菜单，都投其所好。

三

兴鸿餐馆开在三层高砖造楼宇的底层，离地面两米多高。因没有自然光，也没窗户，要整天开电灯和抽风机。朱老板说，九年前选上它，是看中“旺财”的位置。他东到纽约、波士顿，西到雷诺、沙加缅度，在许多华人聚居地，发现开在“土库”的餐馆，生意都不错。从风水学看，符合老子“江海所以能为百谷王者，以其善下之”的说法，一如侨乡的祖屋，多取“四水归堂”的格局。

兴鸿餐馆

不过，朱老板成气候，并非靠风水。他的厨艺是数十年间练出来的，名气是由“好菜”产生的。1973年，他拿着单程通行证从家乡到香港，两年间，当过跟车员、送货员，都干不长，在酒楼却兢兢业业，从洗碗工，到杂工，再到泡发鱼翅、鲍鱼、海参，技术含量相当高的“上杂”，最后当上炒锅工，月薪二千多。1975年清明节，朱老板通过早年来美的妹妹担保，从西雅图入境，在奥克兰机场下机。从此，这位拿绿卡的年轻人，雄心勃勃地闯荡，一个行李箱，一套专用刀具，伴他从纽约到波士顿，从马天那到盐湖城。其中不乏“自作孽”，最为刻骨铭心的一次，是1983年在旧金山唐人街，进赌场输个精光，小儿子又因摔伤被送进医院，叫天不应，呼地不灵，唯一的支撑是忠实的妻子。

朱老板在旧金山找到的第一个职业，是在华盛顿街“金龙”当杂工。这家餐馆名震全美乃至全球，是后来的事。朱老板在这里，厨艺出现飞跃，是因为先后师事四位香港名厨。不是猛龙不过江，那年代，唐人街的大型餐馆有眼光且有财力的老板，都到香港招聘，继而在门口贴的海报和报纸登的广告，写上“香港著名食府×××主掌厨政多年的×××师傅到任”，以求轰动效应。“金龙”尤其大手笔，一下子把伍旺、谭新、何阿炁、大蛇鬼四条汉子罗致旗下。这些在香港喜相逢、海城、六阁等名店独当一面、各擅胜场的好手，在这里合作愉快。朱老板不声不响，处处留心，学习前辈的独门功夫。谭新操持数百乃至上千人的婚宴、寿宴、侨社春宴，善从大处落墨，注重总体调度，小节全交给手下便宜办理；阿奀则相反，每一菜式，从选料、刀工到火候、卖相，务求色香味无一不备。两年密集的训练，他不但掌握了领导厨房的全副本领，师傅们的“拿手小菜”，比如陈冠英的黑椒牛仔骨、蓑衣蛋、大肠炒芽菜，叶强的“百鸟归巢”，都学到诀窍，并有所改进，收入他的私房菜谱。

1977年9月4日，金龙上了全美新闻头条——唐人街两对立青年帮派火拼，两位少年枪手趁对立派的人马在里面吃夜宵，以冲锋枪扫射餐厅，造成5死11伤，死者包括两名游客。枪声大作时，朱老板在厨房的粉面档煮馄饨面，流弹在肩膀旁飞过。三十多年后，有一天他返旧地，弹孔犹在。

离开金龙以后，朱老板和友人在金龙附近开了“顶好”餐馆。他使出看家功夫，以首创的“咸鱼鸡粒饭”“琵琶豆腐”和“骨香龙利球”打响招牌。干了两年，欣欣向荣之际，因和合伙人产生纠纷，只好出让。

四

1983年起，朱老板成了加州华人饮食界出名的“游侠”，哪家餐馆新开张，哪家食府岌岌可危，老板们便想起这个善于制造奇迹的头厨。旧金山的“美丽宫”、沙加缅度市的“荣华”、雷诺市的“颐和园”、奥克兰市的“新香港”……许多家粤菜重镇的厨房，留下这位寡言少语、埋头苦干的大厨的手笔。

旧金山一家大型港式茶楼，以刁钻出名的女老板倚重他的威望，不敢卸磨杀驴；他也尽量容忍她的唠叨，待了四年。此外，在其他食肆，都待不长，少则几个月，多则半年，老板一来心疼每月付出的四千元以上的高薪，二来以为“朱仔鸿”不过“程咬金三板斧”，随便找个亲戚朋友便可取代，时机成熟便让他走路，连借口也懒得找一个。有的老板心存愧疚，不敢面对有功之臣，躲起来，委托手下给他交上最后一张工资支票。

头厨朱仔鸿领教“过河拆桥”多了，渐渐学会自保。他在沙加缅度最大的中餐馆当家时，花了三个月，使它起死回生。可容纳七百名食客的大餐厅，天天爆满。越南裔老板喜不自胜，每次进厨房，都拍着朱老板的肩膀说好话。一次，老板推心置腹地道：“当初你来见工，我和你一谈完话就拍板，要你明天上任，够干脆吧？为什么？就冲着你长相有福气，能旺市。我眼光不错嘛！”干到第四个月，朱老板看出蹊跷来，咿，干嘛老板的小舅子动不动闪进办公室，把预订酒席的菜单翻来覆去地看，还做笔记？这活计，放在平时，除了头厨，是没人过问的。朱老板警惕起来，是老板授意的，下一步，这进厨房才一年的愣头青就要取而代之。朱老板看情势，还可待两三个月，于是，不动声色，向越南裔老板建议：目前生意虽好，但要注意，主流社会的食客以西餐为主，我们吸引他们的，仅仅是“新鲜”而已，在洋食客吃腻之前，菜单必须重新设计。老板连连点头。几天后，头厨以“出新”为宗旨的烫金菜单出笼。

果然，一个月后，老板让朱头厨卷铺盖走路。往下，轮到新上任的半拉子大厨吃苦了。前任坐镇时，准备充分，各样新奇菜式，要么从电冰箱搬出急冻的备用品，要么即时制作，有条不紊，轮到他，一遍遍地看中英对照的菜单，急出一头汗。别说“仙鹤神针”“龙穿凤就”“富豪伴太子”，闻所未闻；就连“良乡桂花鸽”“麒麟海参”“荷包大海参”“豆腐嵌江瑶柱”“银钩炒海蜇”也似懂非懂。热衷于尝新的食客点的菜，写在单子上，潮水般涌进厨房的抓码台。抓码工搔着头，问头厨怎么配料。新头厨光顾着发呆。为了遮掩，粗制滥造一盘盘“杂烩”搪塞。顾客摔筷子骂娘，疲于奔命的餐厅经理挂出暂停营业的牌子。半年以后，餐馆关门。

谈到当年那份刻意打埋伏、叫小气老板吃苦头的“革新型”菜单，朱老板眉飞色舞。“翡翠华腿镶大虾”，容易做吗？把金华火腿和冬菇泡软，切丝，铺在剖开的大虾上，这你做得来；老猫收老虎做徒弟，没教爬树一招，我的绝技没亮出来——把好多种佐料混起来，快炒，加秘制酱汁，浇在蒸熟的大虾上，又香又好看！“仙鹤神针”如今失传了，功夫太繁琐，耗不起呢——要把乳鸽的骨头去掉，里面填满鱼翅，这才是第一道工序。再说，像“麒麟石斑”这种有口皆碑的菜式，“半桶水”的角色没法把功夫做全，不会在蒸熟的石斑鱼上铺上一层“极品”菜，什么叫“极品”？官燕、银芽、鱼翅的杂锦，教食家赞不绝口的恰恰是代价高昂的陪衬物。说到兴头上，朱老板呷了一大口朋友带来的加州纳帕谷“撒吞腻”红葡萄酒，呵呵大笑，并不理会坐在旁边、专心吃咕噜香肉的洋情侣投来惊诧的目光。

五

2000年，朱老板夫妇买下兴鸿餐馆。兴鸿的多位前任东主中，有一位是李磐石先生，他经营了三十多年，晚年给家乡捐款70万美元，创立教育电视台，成为备受尊敬的慈善家。他的财富的一部分，就是在这里积累的。李磐石退休后，九位中国人集资27万元，将它装修一新，起名“香雅”，这些参股者，伙计、老板一身二任，一起干了九年，直到其中的大多数到了退休年龄，才转让给早就被公认为“厨艺了得”的头厨朱仔鸿。

近十年间，“兴鸿”成了唐人街的品牌。生意上了轨道以后，朱老板心情轻松。朋友来了，他就着花生米喝点白兰地或青岛啤酒。兴起时高唱青年时代在家乡滚瓜烂熟的《大海航行靠舵手》，还能捏着嗓门唱粤剧《搜书院》里的“一轮明月照海南”，高吟鬼才伦文叙的歪诗，什么“先生放学我回来，睇见天门大打开”。座中的乡亲起哄：跳个“忠字舞”如何？朱老板跃跃欲试，要把在收款机前忙于算账的太太拉来合舞，太太轻轻骂他一句，他才讪讪走开。

六

2010年3月中旬，离朱老板退下来不到两个星期。一群乡亲在兴鸿，吃罢他巧手烹调的“梅子排骨”，把杯闲聊。朱老板追述了他的童年。他原本姓谭，家在白水乡，父亲是摆摊小贩，养下四子二女，他是老三。朱老板自豪地说，谭家出了三个大厨，他之外，大哥先在香港，后来又在波士顿，两家酒楼都叫“龙凤”，名气可大！弟弟也是白水乡最有权威的厨师。

他七岁那年，成了朱洞乡朱应贺夫妇的螟蛉子。朱应贺在菲律宾经营“立华”洗衣馆。他和养母、妹妹在村里生活。因有侨汇，家境不错，振鸿从小不爱上学，1959年在台城侨中上初中，两年间，以贪玩闻名全校，天天逛街，看电影，打台球。每个星期天从学校回到家，养母给他的两三元零用钱都花在玩上，有时连月初母亲给的八块钱膳费，也在台球室花光。旷课之多，到了学校无法容忍的地步，终于受到退学的处分。回到家乡后，他能不出勤就不出，以捉田鸡、捕蛇为生，带上花一百元买来的猎狗，见天在山野闯荡。看到蛇洞，便用火攻。蛇无法忍受，从洞里窜出，猎狗穷追。他说，狗可有灵性呢！如果是毒蛇，它的颈毛高耸，停在不远处，回头看主人的神色。如果是无毒蛇，它纵身一跃，咬着蛇来邀功。每“一番墟”（为期五天），都捉到一笼。不摆摊卖，嫌琐碎，拎着笼子到台城牛屎巷，批发给蛇贩，每次都赚上二三十元。这数目，在二十世纪六十年代，可抵上国营商店售货员工资的两三倍。不过，他赚来的钱，都和朋友花天酒地散掉，并没有节余。

多年以后，朱老板回乡，第一个愿望是找到前武装部长陈瑞昂，但恩人早已去世。他给家乡捐出人民币二十多万元，用于修路，建文化楼，修整村面，寄托对恩人的怀念。

朱振鸿如此热爱烹调，在出让餐馆的合约上，额外加上一项：他可以随时带食物进厨房，自行炮制。

后　记

这本书所涉及的，都是台山人。到了末尾，却要写“非台山人”。

起因于为这本书写序的罗韬先生。他是新会人，却在台山生活了十年，那是他的少年与最初的青春时光。他和我的缘分有点奇妙。

他的父亲于1973年被派来台山担任县委书记，他和母亲、姐姐随行。直到1983年父亲离任，全家才迁出。而我，从1976年到1980年，在县一个部门当最低级的公务员。这部门位于县委大楼一侧，民国时期是监狱。我和其他干部及“以工代干”者一样，在县委大院里头的食堂用餐。罗韬一家住在县委大楼附近。罗书记下乡或外出开会，必在门岗前的空地，从专用吉普车上下，惯常穿浅蓝旧中山装，四个兜晃荡于外。我仅止于瞻仰。“县城第一公子”罗韬，我也常常看到。他骑着单车，车后架放书包，目不斜视，从县委大楼的门岗前出来或从一中方向回家。才十四五岁，身体正在拔条，脸色白皙，五官俊秀，隐藏冷傲，似常常陷于沉思。

1977年秋天，一个黄昏，吃过食堂因“特供”而价廉、因厨师出色而物美的晚饭之后，我迈着欧化长句般拖沓的脚步，经中山路、县前路和台西路，踏上一道吱嘎作响的木楼梯，进伍俊生老师的家。我上高二时，他教语文课，那是1964年。往后，我经历毕业，“文革”，下乡，被招工。与他的关系，从师生升格为知心朋友。

那一次，伍老师站在窗前，一边抽二毛八一包的“丰收”牌香烟，一边凝视外面骑楼柱子上刷的“抓纲治国”大标语，以神秘的口吻，说起他的学生罗韬。那时，罗韬上两年制高中最后一个学期，伍老师是他那一级的级长兼语文科任教师。师生食宿、上课、劳动在校办农场，他和罗韬接触特别多。刚满十五岁的少年，在与他最喜欢的语文老师私下交流的场合，对历史和现实的重大事件及当事者，发表的看法都超越世俗定规。尤其在关乎国家命运的问题上，言论的锋利近于放肆。当老师的听完，不由自主地扫视前后左右，怕被偷听。伍老师对我叹道：“幸亏他有老窦罩住（广东话，有父亲保护）……”

自此，我对天天骑单车在门前经过的罗韬，抱着别样的好感。记住这不羁的学弟，一如记住一个以漂亮独步的学妹。毕竟，以美丽闻名全国的母校校园里，一茬茬进来，出去，被制式教育打造的学子，每一个都免不了被大而化之，特立独行如少年罗韬的极为稀缺。前些年，我去纽约，探望早已定居彼市的伍老师，闲谈之际还聊起罗韬，都解不开这样的谜：他早年一系列惊世骇俗的见解，得自哪里？总不会是老爸的秘传……

四五年前，我退休后回国长住。一次，约在广州生活的陈永正教授饭聚。他说，何不多邀几位？我说，当然好极，您出面吧。永正先生这位岭南有数的诗词、书法大家，择友甚严，入他法眼的定非庸陋之辈。应邀前来的朋友中有罗韬。儒雅的中年人，随和而风趣，很有涵养，用随园老人的说法，叫“书气迎人”。进一步了解到，他担任大报编委，是广受推崇的文化学者，功力深厚，卓有成就。但我没把他和少年罗韬看作同一人，以为是巧合。粤海之大，同名同姓者不知凡几。

2020年，我卜居旧金山。疫情凶猛，囚于室内，以读书码字消遣。一位五十年前的学生告诉我，罗书记的儿子说他和你吃过饭。我大奇，继而省悟，为什么他这么“面熟”，原来他酷肖中年的乃父。两个罗韬于是“合体”。既早已了解他少时的行迹，先入为主地产生无限的亲切，微信交流加上通电话，无所不谈，痛快极了。我问起当年事，他告诉我，主要受了祖父的影响。老人家不简单，早年就读广东大学（中山大学前身）。“爷爷每每读完报纸，便击鼓骂曹，离经叛道，父亲拿他没办法。”这轶事，可衍为另一时空的《狂人日记》。

同一年秋天，从网络看到信息，罗韬的新著《移花就镜：二十四品诗书画印通释》刚刚由广东人民出版社出版，马上托国内朋友网购，海运来旧金山。这可是名副其实的巨制，豪华的大开本，全书彩印，鉴赏与解释，独辟蹊径，饱满、深刻自不待言，还收入大量古今诗、书、画、印杰作。广州的中年学者胡文辉指出，罗韬谈艺，最大特色在于“通”，艺与艺的通，艺与文的通，还有艺文与世俗的通，此书“入于诗，出于艺，堪称《二十四诗品》的升级版”。我还以为，无昨日无畏的怀疑与叛逆，就没有今天治学的深刻与圆融。而况，司空图的《二十四诗品》，我二十二岁那年在县城进修的日子，每天黄昏拿着，坐在人工湖的水湄，潜心研读过。翻开《移花就镜》的同时，自己青春的梦境重现，拍岸的湖水轻抚脚板，附着几瓣紫荆的落英。

如果把记忆的藤蔓扯起，该写罗韬的父亲。对这位台山人怀念的能吏，虽从无近距离接触，但他在万人大会上脱稿的即兴演说，那激情和雄辩，次次教我着迷。还有罗书记的前任巩书记，我“文革”期间在一中的造反兵团总部审问过他，勒令他交代有关人物在台山放毒的罪行。几天以后，他交来四页揭发书，硬笔书法少见地峭拔。二十世纪九十年代，巩书记因留学美国的女儿，和于我亦师亦友的作家及同乡刘子毅先生结为儿女亲家。我托子毅先生邀请来美探亲的巩书记夫妇上茶楼，我要当面道歉。可惜缘悭一面。

越扯越远了。总之，一如台山人遍布全世界一样，台山这“雪泥”留下无数“非台山人”的“鸿爪”。其中有罗家三代人。如今，骑单车的俊朗少年竟也办了退休。祝福罗韬，接下来，是属于他的艺术人生。

刘荒田

2022年4月9日于旧金山